STS

くらべてわかる

新日檢 **N5 Bunpoo Hikaku Jiten**

N5文法比較辭典

徹底釐清觀念
精　選
模擬試題

吉松由美・西村惠子
大山和佳子 ◎合著

山田社
San Tian She

史上第一本！專為臺灣人設計的超強N5文法整理書

★用漫畫比較N5考試最容易混淆的文法盲點

★文法博士逐項解說，點出考點部份

★拆解句子結構，破解學習文法迷思

　　以過五關斬六將的方式，讓您在既嚴肅又有趣的情境下，累積100分的文法實力點數！

　　您是不是明明做了許多模擬考題，但考試成績還是不理想，對文法概念還是模稜兩可？其實，文法要得高分，爭取考試成績報酬率的王道，就要精選好的試題，並加強演練，增加做題熟悉度和速度！

　　考文法最重要的是懂得分析句子的結構，只要將結構拆解成功，就算成功了。即使裡頭生字很多，但只要掌握結構，一切很簡單。

1 用漫畫比較兩個易混文法

　　《新日檢N5文法比較辭典》用活潑的插畫來比較兩個容易弄錯，意思接近的文法！可說是史上第一本！專為臺灣人設計的超強N5文法整理書。

2 獨門拆解句子結構技巧

　　《新日檢N5文法比較辭典》為了解除您多年來的文法迷思，也讓您在速讀文章時不被文法架構綁住，除了精選好試題之外，並告訴您如何拆解句子結構，反覆訓練您應考技巧。進而，在考場上繳出漂亮的成績單！

3 一看題目，就找到答案

　　書中，特別將難分難解的易混淆文法項目，進行整理、歸類，時間、原因、傳聞……等機能別的實際用法，並分析易混淆文法間在意義、用法、語感……等的微妙差異。讓您在考場中不必再「左右為難」，一看題目就能迅速找到答案，一舉拿下高分！

4 考試如玩線上「過五關斬六將」遊戲

　　以過五關斬六將的方式，讓您寫對一題，就能闖過一關，能否全部通關，就看您的文法實力。如果沒過關，還有文法博士，將各選項逐一解說，其中解說通關訣竅，點出考點部份，可說清楚、簡單、精彩！這樣讓您在既嚴肅又有趣的情境下，累積100分的實力點數。

5 想成為筆記達人，就看這本

　　「過五關斬六將考試」的考題講解，導入了日本高中生的上課筆記術，看書就像在看您自己的上課筆記一樣，親切好懂，買一本書就像帶了一個老師回家！同時學習做筆記的方法，一生受用無窮！其中，搭配文法提示、答案、解說及譯文，讓您可以即時演練、即時得知解題技巧，保證學習成效No.1！

目錄 Contents

文型接續解說

▽動詞

　　動詞一般常見的型態，包含動詞辭書形、動詞連體形、動詞終止形、動詞性名詞＋の、動詞未然形、動詞意向形、動詞連用形……等。

用語1	後續	用語2	用例
未然形	ない、ぬ(ん)、まい	ない形	読まない、見まい
	せる、させる	使役形	読ませる、見させる
	れる、られる	受身形	読まれる、見られる
	れる、られる、可能動詞	可能形	見られる、書ける
意向形	う、よう	意向形	読もう、見よう
連用形	連接用言		読み終わる
	用於中頓		新聞を読み、意見をまとめる
	用作名詞		読みに行く
	ます、た、たら、たい、そうだ（様態）	ます：ます形 た　：た形 たら：たら形	読みます、読んだ、読んだら
	て、ても、たり、ながら、つつ等	て　：て形 たり：たり形	見て、読んで、読んだり、見たり
終止形	用於結束句子		読む
	だ（だろう）、まい、らしい、そうだ（傳聞）		読むだろう、読むまい、読むらしい
	と、から、が、けれども、し、なり、や、か、な（禁止）、な（あ）、ぞ、さ、とも、よ等		読むと、読むから、読むけれども、読むな、読むぞ
連體形	連接體言或體言性質的詞語	普通形、基本形、辭書形	読む本
	助動詞：た、ようだ	同上	読んだ、読むように
	助詞：の（轉為形式體言）、より、のに、ので、ぐらい、ほど、ばかり、だけ、まで、きり等	同上	読むのが、読むのに、読むだけ
假定形	後續助詞ば(表示假定條件或其他意思)		読めば
命令形	表示命令的意思		読め

▽ 用言

　　用言是指可以「活用」（詞形變化）的詞類。其種類包括動詞、形容詞、形容動詞、助動詞等，也就是指這些會因文法因素，而型態上會產生變化的詞類。用言的活用方式，一般日語詞典都有記載，一般常見的型態有用言未然形、用言終止形、用言連體形、用言連用形、用言假定形……等。

▽ 體言

　　體言包括「名詞」和「代名詞」。和用言不同，日文文法中的名詞和代名詞，本身不會因為文法因素而改變型態。這一點和英文文法也不一樣，例如英文文法中，名詞有單複數的型態之分（sport / sports）、代名詞有主格、所有格、受格（he / his / him）等之分。

▽ 形容詞・形容動詞

　　日本的文法中，形容詞又可分為「詞幹」和「詞尾」兩個部份。「詞幹」指的是形容詞、形容動詞中，不會產生變化的部份；「詞尾」指的是形容詞、形容動詞中，會產生變化的部份。

例如「面白い」：今日はとても面白かったです。

　　由上可知，「面白」是詞幹，「い」是詞尾。其用言除了沒有命令形之外，其他跟動詞一樣，也都有未然形、連用形、終止形、連體形、假定形。

　　形容詞一般常見的型態，包含形容詞・形容動詞連體形、形容詞・形容動詞連用形、形容詞・形容動詞詞幹……等。

形容詞的活用及接續方法：

用語	範例	詞尾變化	後續	用例
	高い 嬉しい			
	たか うれし			
		かろ	助動詞う	値段が高かろう
		から	助動詞ぬ*	高からず、低からず
		く	1 連接用言**	高くなってきた 高くない
			2 用於中頓	高く、険しい
			3 助詞て、は、も、さえ	高くて、まずい/高くはない/ 高くてもいい/高くさえなければ
		かっ	助動詞た、 助詞たり	高かった 嬉しかったり、悲しかったり
		い	用於結束句子	椅子は高い
			助動詞そうだ (傳聞)、だ(だろ、 なら)、です、 らしい	高いそうだ 高いだろう 高いです 高いらしい
			助詞けれど(も)、 が、から、し、 ながら、か、な (あ)、ぞ、よ、 さ、とも等	高いが、美味しい 高いから 高いし 高いながら 高いなあ 高いよ
		い	連接體言	高い人、高いのがいい (の=形式體言)
			助動詞ようだ	高いようだ
			助詞ので、のに、 ばかり、ぐらい、 ほど等	高いので 高いのに 高いばかりで、力がない 高ければ、高いほど
		けれ	後續助詞ば	高ければ
		—————	—————	—————

＊「ぬ」的連用形是「ず」　＊＊ 做連用修飾語, 或連接輔助形容詞ない

形容動詞的活用及接續方法：

用語	範例	詞尾變化	後續	用例
	しず 静かだ りっぱ 立派だ			
	しずか りっぱ			
		だろ	助動詞う	静かだろう
		で	1 連接用言 （ある、ない）	静かである、静かでない
			2 用於中頓	静かで、安全だ
			3 助詞は、も、 さえ	静かではない、静かでも不安だ、 静かでさえあればいい
		だっ	助動詞た、 助詞たり	静かだった、静かだったり
		に	作連用修飾語	静かになる
		だ	用於結束句子	海は静かだ
			助動詞そうだ （傳聞）	静かだそうだ
			助詞と、けれど(も)、 が、から、し、 な(あ)、ぞ、 とも、よ、ね等	静かだと、勉強しやすい 静かだが 静かだから 静かだし 静かだなあ
		な	連接體言	静かな人
			助動詞ようだ	静かなようだ
			助詞ので、のに、 ばかり、ぐらい、 だけ、ほど、 まで等	静かなので 静かなのに 静かなだけ 静かなほど
		なら	後續助詞ば	静かなら（ば）
		─────	─────	─────

メモ

N5
Bunpoo Hikaku Jiten

助詞的使用（一）

1 〜が（表對象）

文法說明 「が」表示感情、希望及能力辦得到的對象；另外，前接動作實行的人，表示動作的主語，或表示眼前看到的現象的主語（請參見下一節）。

例句

○ アニメが好^すきです。

我喜歡看動畫。

比較

●〔目的語〕＋を

文法說明 「を」接在他動詞的前面，表示動作的目的或對象。「を」前面的名詞，是動作所涉及的對象。「他動詞」主要是人為的，表示影響、作用直接涉及其他事物的動作。

例句

○ 私^{わたし}はチョコレートを食^たべます。

我吃巧克力。

2 〜が（表主語）

文法說明 「が」前接動作實行的人，表示動作的主語，這時暗示後面的敘述或動作，不是在說其他人事物，而是指「が」前面接的人事物，如例句；或表示眼前看到的現象的主語。另外，也可以接表示感情、希望及能力辦得到的對象（請參見上一節）。

例句

○ 私<ruby>わたし</ruby>が行<ruby>い</ruby>きます。
我去。

比較

● 〜は

文法說明 「は」接在名詞的後面，可以表示這個名詞就是主題。主題就是後面要敘述或判斷的對象，而這個對象是說話者、聽話者都知道的人事物，用「は」提示出來當作談論的主題。請注意，「は」當助詞的時候，要唸作 [wa]，不是 [ha] 喔！

例句

○ 山田<ruby>やまだ</ruby>さんは本<ruby>ほん</ruby>を読<ruby>よ</ruby>みます。
山田小姐看書。

3 〔場所〕＋に

文法說明 「に」前接名詞，表示人事物存在的場所。當存在的主語是有生命體的人或動物時，後面動詞用「います」（有、在）；但是如果主語是植物或無生命體時，後面動詞用「あります」（有、在）。

例句

○ 加藤さんは公園にいます。
加藤先生在公園裡。

比較

● 〔場所〕＋で

「在…」

文法說明 「で」前接場所，表示動作發生、進行的場所。

例句

○ カフェでコーヒーを飲みます。
在咖啡館喝咖啡。

---

4 〔場所〕＋で

「在…」

文法說明 「で」前接場所，表示動作發生、進行的場所。

例句

○ プールで泳ぎます。
在游泳池游泳。

比較

● 〔通過・移動〕＋を＋自動詞

文法說明 「を」可以表示經過或移動的場所，這時候「を」後面常接表示通過場所的自動詞。「自動詞」主要是沒有人為意圖，因為自然力量而發生的動作。

例句

○ 真由美は道を通ります。
真由美經過道路。

5 〔通過・移動〕＋を＋自動詞

文法說明 「を」可以表示經過或移動的場所，這時候「を」後面常接表示通過場所的自動詞。「自動詞」主要是沒有人為意圖，因為自然力量而發生的動作。

例句

○ 鳥が空を飛びます。
とり そら と
鳥飛過天空。

比較

● 〔到達點〕＋に

文法說明 「に」前面接場所，表示動作移動的到達點、目的地。

例句

○ 飛行機が空港に着きます。
ひこうき くうこう つ
飛機到達機場。

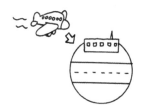

6 〔到達點〕＋に

文法說明 「に」前面接場所，表示動作移動的到達點、目的地。

例句

○ 太郎は家に帰ります。
たろう いえ かえ
太郎回家。

• 〔離開點〕＋を

文法說明 「を」可以表示動作離開的場所。例如，從家裡出來或從各種交通工具下來。

例句

○ 3時に家を出ます。

3點時離開家裡。

---

7 〔場所・方向〕へ（に）
「往…」、「去…」

文法說明 「へ」前面接跟場所有關的名詞，表示移動的方向，也指動作的目的地。可以跟「に」互換。請注意，「へ」當助詞的時候，要唸作 [e]，不是 [he] 喔！

例句

○ 私は郵便局へ行きます。

我去郵局。

• 〔場所〕＋で
「在…」

文法說明 「で」前接場所，表示動作發生、進行的場所。

例句

○ 子どもたちが公園で遊びます。

孩子們在公園玩耍。

8 〔方法・手段〕＋で

「用…」；「乘坐…」

文法說明 「で」可以接表示動作的方法、手段，如例（1）；或是使用的交通工具，如例（2）。

例句

① 英語で日記を書きます。
用英語寫日記。

② 船で沖縄に行きます。
坐船去沖縄。

比較

● 〔對象（物・場所）〕＋に

「…到」、「對…」、「在…」、「給…」

文法說明 「に」的前面接物品或場所，表示施加動作的對象或地點。

例句

○ 壁に絵をはります。
在牆壁上貼畫。

9 〔材料〕＋で

「用…」

文法說明 「で」前接名詞，表示接製作東西所使用的材料。

例句

○ ガラスで靴を作ります。
用玻璃做鞋。

• 〔目的〕＋に

「去…」、「到…」

文法說明　「に」前面接動詞連用形或サ行變格動詞詞幹，表示動作的目的。

例句

○ ガラスの靴(くつ)を買(か)いに行(い)きます。

去買玻璃鞋。

---

10 〔場所〕へ／（に）〔目的〕に

「到…（做某事）」

文法說明　表示移動的場所用助詞「へ」（に），表示移動的目的用助詞「に」。「に」的前面要用動詞連用形，如例（1）；遇到サ行變格動詞（如：洗濯します），除了用動詞連用形，也常把「します」拿掉，只用詞幹，如例（2）。

例句

① 渋谷(しぶや)へお酒(さけ)を飲(の)みに行(い)きました。

到澀谷去喝酒。

② 彼女(かのじょ)と日本(にほん)へ旅行(りょこう)に行(い)きます。

跟女朋友去日本旅行。

• ～ため（に）

「以…為目的，做…」、「為了…」

文法說明　「動詞連體形＋ため（に）」或「名詞＋の＋ため（に）」表示為了某個目的，而有後面積極努力的動作、行為。也就是說，前項是後項的目標。

例句

○ 日本に留学するために、働いています。

我正在為去日本留學而工作。

11 〔狀態、情況〕＋で

「在…」、「以…」

文法說明　表示在某種狀態、情況下做後項的事情，如例（1）；前面可以接人物相關的單字，如例（2）。

例句

① 裸で温泉に入ります。

裸體泡溫泉。

② 彼女は一人で暮らしています。

她一個人生活。

比較

～が（表主語）

文法說明　「が」前接動作實行的人，表示動作的主語，或表示眼前看到的現象的主語；另外，也可以接表示感情、希望及能力辦得到的對象。

例句

○ 天気がいいです。

天氣很好。

12 〔引用內容〕と

文法說明　「と」接在某人說的話，或寫的事物後面，表示說了什麼、寫了什麼。

○ 友達は「コンサートはどうだった。」
と私に聞きました。

朋友問了我「演唱會怎麼樣？」

コンサート……

比較

● ～という〔名詞〕

「叫做…」

文法說明 用來提示事物、人或場所的名字。一般是說話人或聽話人一方，或者雙方都不熟悉的事物。

例句

○ 「鯛」という字は「たい」と読みます。

「鯛」這個字要念「tai」。

鯛　たい

---

13 しか＋否定

「只」、「僅僅」

文法說明 表示限定。常帶有因不足而感到可惜、後悔或困擾的心情。

例句

○ お金は 1,000 円しかありません。

錢只有 1000 日圓。

比較

● だけ

「只」、「僅僅」

文法說明 表示只限於某範圍，除此以外沒有別的了。

例句

○ この本だけ読みました。

只有讀了這本書。

做對了，往 走，做錯了往 ✕ 走。

次の文の＿＿には、どんな言葉が入りますか。1・2から最も適当なものを一つ選んでください。

實力測驗
Q 哪一個是正確的？
答案>>在下一頁

1 兄はバイク（　）好きです。
1. が
2. を

譯 哥哥喜歡機車。
1. が：X
2. を：X

解答》請看下一頁

2 変な人（　）、さっきからずっと私の方を見ています。
1. が　2. は

譯 有個可疑的人從剛剛開始就一直往我這裡看。
1. が：X
2. は：X

解答》請看下一頁

3 部屋（　）弟がいます。
1. に
2. で

譯 弟弟在房間裡。
1. に：X
2. で：在…

解答》請看下一頁

4 その角（　）左へ曲がります。
1. で
2. を

譯 在那個街角左轉。
1. で：在…
2. を：X

解答》請看下一頁

5 山本さんは、今トイレ（　）入っています。
1. を　2. に

譯 山本先生現在正在上廁所。
1. を：X
2. に：X

解答》請看下一頁

6 いつ家（　）着きますか。
1. に
2. を

譯 什麼時候到家呢？
1. に：X
2. を：X

解答》請看下一頁

7 休みの日は図書館や公園など（　）行きます。
1. で　2. へ

譯 假日會去圖書館或公園等等。
1. で：在…
2. へ：往…、去…

解答》請看下一頁

なるほどの解説を確認して、次の章へ進もう！

1 比較

当「が」表示對象時，後面常接「好き／すき」（喜歡）、「いい」（好）、「ほしい」（想要）、「上手／じょうず」（擅長）、「分かります／わかります」（理解）等詞；當「を」表示對象，後面會接作用力影響到前面對象的他動詞。

答案：1

2 比較

「が」表示主語時，暗示後面的敘述或動作，不是在說其他人事物，而是指「が」前面接的人事物；「は」表示前面接的名詞是主題，說話人將要談論關於這個主題的事。

答案：1

3 比較

「に」表示存在的場所，後面會接表示存在的動詞「います」（＜有生命體的人或動物＞有、在）或「あります」（＜無生命體或植物＞有、在）；「で」表示動作發生的場所，後面能接的動詞很多，只要是執行某個行為的動詞都可以，例如「食べます／たべます」（吃）、「飲みます／のみます」（喝）、「泳ぎます／およぎます」（游泳）、「買います／かいます」（購買）等。

答案：1

4 比較

「で」表示所有的動作都在那個場所進行，但「を」只表示動作所經過的場所，後面常接「渡ります／わたります」（越過）、「曲がります／まがります」（轉彎）、「歩きます／あるきます」（走路）、「走ります／はしります」（跑步）、「飛びます／とびます」（飛）等自動詞。

答案：2

5 比較

「を」表示通過的場所，不會停留在那個場所；「に」表示動作移動的到達點，所以會停留在那裡一段時間，後面常接「着きます／つきます」（到達）、「入ります／はいります」（進入）、「乗ります／のります」（搭乘）等動詞。

答案：2

6 比較

　「に」表示動作移動的到達點；「を」用法相反，是表示動作的離開點，後面常接「出ます／でます」（出去；出來）、「降ります／おります」（下＜交通工具＞）等動詞。

答案：1

7 比較

　「で」表示動作發生的場所；「へ（に）」表示動作的方向或目的地，後面常接「行きます／いきます」（去）、「来ます／きます」（來）等動詞。

答案：2

次の文の＿＿＿には、どんな言葉が入りますか。１・２から最も適当なものを一つ選んでください。

實力測驗

Q 哪一個是正確的？

答案>>在下一頁

---

1 コップ（　　）水を入れます。

1. で
2. に

❌

譯 給杯子倒入水。

1. で：用…；乘坐…
2. に：在…、給…

解答》請看下一頁

---

2 紙（　　）飛行機を折ります。

1. で
2. に

❌

譯 用紙折飛機。

1. で：用…
2. に：去…、到…

解答》請看下一頁

---

3 お客さんが来るので、空港へ迎え（　　）行きます。

1. に　2. ため

❌

譯 因為有客人來，我到機場迎接。

1. に：到…
2. ため：為了…

解答》請看下一頁

---

4 今度の日曜日、家族（　　）デパートに行きます。

1. で　2. が

❌

譯 下個星期天，全家一起去百貨公司。

1. で：在…、以…
2. が：X

解答》請看下一頁

---

5 あれはフジ（　　）花です。

1. と
2. という

❌

譯 那是一種叫做「紫藤」的花。

1. と：X
2. という：叫做…

解答》請看下一頁

---

6 花子（　　）が来ました。

1. しか
2. だけ

❌

譯 只有花子來。

1. しか：（後接否定）只、僅僅
2. だけ：只、僅僅

解答》請看下一頁

なるほどの解説を確認して、

次の章へ進もう！

1 比較

　「で」表示動作的方法、手段；「に」則表示施加動作的對象或地點。雖然這兩個助詞用法很不同，但有時我們很容易用中文的方式去思考，所以很容易用錯助詞。譬如，想表達「用筆記本寫」日記，可能會說成「ノートで書きます」，但使用「で」是指手拿「ノート」寫日記，根本不合理。其實原本的意思是指將日記「寫在筆記本上」，所以應該要用「ノートに書きます」才對，要特別注意喔！

答案：2

2 比較

　「で」表示製作東西所使用的材料；「に」表示動作的目的。請注意，「に」前面接的動詞連用形，只要將「動詞ます」的「ます」拿掉就是了。

答案：1

3 比較

　兩個文法的「に」跟「ため（に）」前面都接目的，但「に」要接動詞ます形，「ため（に）」接動詞連體形或「名詞＋の」。另外，句型「〔場所〕へ／（に）〔目的〕に」表示移動的目的，所以後面常接「行きます／いきます」（去）、「来ます／きます」（來）等移動動詞；「ため（に）」後面主要接做某事。

答案：1

4 比較

　「で」表示以某種狀態做某事，前面可以接人物相關的單字，例如「家族／かぞく」（家人）、「みんな」（大家）、「自分／じぶん」（自己）、「一人／ひとり」（一個人）時，意思是「…一起（做某事）」、「靠…（做某事）」；「が」前面接人時，是用來強調這個人是實行動作的主語。

答案：1

5 比較

　「〔引用內容〕と」用在引用一段話或句子；「という」用在提示出某個名稱。

答案：2

6 比較

　　両個文法意思都是「只有」，但「しか」後面一定要接否定形，「だけ」後面接肯定、否定都可以，而且不一定有像「しか＋否定」含有不滿、遺憾的心情。

答案：2

メモ

助詞的使用（二）

- ☐ 名詞＋と＋名詞
- ☐ 〔對象（人）〕＋に
- ☐ 〔離開點〕＋を
- ☐ 〔時間〕＋に＋〔次數〕
- ☐ ずつ
- ☐ 名詞＋の（名詞修飾主語）
- ☐ ～には、へは、とは

- ☐ 〔對象〕と
- ☐ 〔句子〕＋ね
- ☐ 〔句子〕＋よ
- ☐ ～から～まで
- ☐ ～も～
- ☐ ～か～か～（選擇）
- ☐ 〔句子〕＋か、〔句子〕＋か

---

1 **名詞＋と＋名詞**
「…和…」、「…與…」

文法說明 表示幾個事物的名詞的並列。將想要敘述的主要東西，全部列舉出來。

例句

○ ＣＤと本を買います。
買 CD 和書。

比較

● **～や～（並列）**

「…和…」

文法說明 表示在幾個事物中，列舉出兩、三個來做為代表，其他的事物就被省略掉，沒有全部説完。

例句

○ パーティーには楊さんや山田さんが来ました。
派對裡來了楊小姐跟山田先生等。

2 〔對象（人）〕＋に

「給…」、「跟…」

文法說明 「に」的前面接人，表示動作、作用的對象，也就是動作的接受者。

例句

○ 友達(ともだち)に電話(でんわ)をかけます。
打電話給朋友。

比較

・〔起點（人）〕から

「從…」、「由…」

文法說明 「から」的前面接人，表示從某對象借東西、從某對象聽來的消息，或從某對象得到東西等。

例句

○ 私(わたし)は彼(かれ)からバラの花(はな)をもらいました。
我從他那邊得到了玫瑰花。

3 〔離開點〕＋を

文法說明 「を」可以表示動作離開的場所。例如，從家裡出來或從各種交通工具下來。

例句

○ 教室(きょうしつ)を出(で)ます。
走出教室。

• から（表示起點）

「從…」

文法說明 「から」表示起點。可以表示移動的出發點，如例（1）；也可以表示開始的時間，如例（2）。

例句

① 私は台湾から来ました。
我從台灣來。

② 9時から授業を始めます。
9點開始上課。

---

4 〔時間〕＋に＋〔次數〕

文法說明 表示某一範圍內的數量或次數，「に」前接某時間範圍，後面則為數量或次數。

例句

○ 1週間に1回ぐらいゴルフをします。
一星期大約打一次高爾夫球。

• 〔數量〕＋で＋〔數量〕

「共…」

文法說明 「で」的前後可接數量、金額、時間單位等，表示總額的統計。

例句

○ このシャツは3枚で4,000円です。
這種襯衫3件4000日圓。

4000円

5 ずつ
「每」、「各」

接在數量詞後面，表示平均分配的數量。

例句

○ バナナを一人1本ずつもらいます。
ひとりいっぽん

一個人各拿1條香蕉。

比較

●～も～（數量）

「竟」、「也」

文法說明 「も」前面接數量詞，表示數量比一般想像的還多，有強調多的作用。含有意外的語意。

例句

○ 私は毎日 12時間も働きます。
わたし まいにち じゅうに じ かん はたら

我每天工作 12 小時之久。

6 名詞＋の（名詞修飾主語）
「…的」

文法說明 在「私（わたし）が 作（つく）った 歌（うた）」（我作的歌）這種修飾名詞（「歌」）句節裡，可以用「の」代替「が」，成為「私の 作った 歌」（我作的歌）。那是因為這種修飾名詞的句節中的「の」，跟「私の 歌」（我的歌）中的「の」有著類似的性質。

例句

○ これは田中さんの買った車です。
た なか か くるま

這是田中先生買的車。

～は

文法說明 「は」接在名詞的後面，可以表示這個名詞就是主題。主題就是後面要敘述或判斷的對象，而這個對象是說話者、聽話者都知道的人事物，用「は」提示出來當作談論的主題。請注意，「は」當助詞的時候，要唸作 [wa]，不是 [ha] 喔！

例句

○ 私はドラマが好きです。
　　我喜歡看電視劇。

---

7 ～には、へは、とは

文法說明 格助詞「に、へ、と」後接「は」，有特別提出格助詞前面的名詞的作用。

例句

① 私のうちにはテレビがありません。
　　我家沒有電視。

② 北京へは行きました。上海へは行きませんでした。
　　去了北京，但是沒有去上海。

③ 僕は君とは考えが違います。
　　我有跟你不同的想法。

～にも、からも、でも

文法說明 格助詞「に、から、で」後接「も」，表示除了格助詞前面的名詞以外，還有其他的人事物。

例句

① 机の下にも本があります。

桌子底下也有書。

② あの国は冬でも暖かいです。

那個國家即使冬天也很暖和。

③ カナダからも留学生が来ました。

從加拿大也有留學生來。

8 〔對象〕と

「跟…一起」；「跟…」

文法說明 「と」前接人的時候，表示一起去做某動作的對象，如例
（1）；或是互相進行某動作的對象，如戀愛、結婚、吵架等等，如例（2）。

例句

① 山田さんと旅行に行きます。

要和山田小姐去旅行。

② 彼と恋をしました。

和他戀愛了。

比較

• 〔對象（人）〕＋に

「給…」、「跟…」

文法說明 「に」的前面接人，表示動作、作用的對象，也就是動作的
接受者。

例句

○ 私は妹に英語を教えます。

我教妹妹英語。

9 〔句子〕+ね

文法說明 終助詞「ね」放在句子最後面，是種跟對方做確認的語氣，表示徵求對方的同意。基本上使用在說話人認為對方也知道的事物。

例句

○ これは梅の花ですね。

這是梅花吧。

比較

• 〔句子〕+よ

「…喔」

文法說明 終助詞「よ」放在句子最後面，用在促使對方注意，或使對方接受自己的意見時。基本上使用在說話人認為對方不知道的事物。

例句

○ これは梅の花ですよ。

這是梅花喔！

10 〔句子〕+よ

「…喔」

文法說明 終助詞「よ」放在句子最後面，用在促使對方注意，或使對方接受自己的意見時。基本上使用在說話人認為對方不知道的事物。

例句

○ その映画は面白いですよ。

那部電影很有趣喔！

〔句子〕＋か

「嗎」、「呢」

文法說明 終助詞「か」表示懷疑或不確定。用在問別人自己想知道的事。

例句

○ これは梅の花ですか。

這是梅花嗎？

11 〜から〜まで

「從…到…」

文法說明 「から」表示範圍的起點。可以表示開始的時間；也可以表示開始的場所。「まで」表示範圍的終點。可以表示結束的時間；也可以表示結束的場所。兩個一起用，表示距離的範圍，如例（1）；或時間的範圍，如例（2）。

例句

① 桜の花が、公園から学校まで咲いています。

櫻花從公園到學校一路綻放著。

② アニメは10時から12時までです。

卡通片從 10 點播到 12 點。

〜や〜など

「…和…等」

文法說明 「など」通常和並列助詞「や」一起使用。當列舉出幾個項目，但是沒有全部說完，可以用「など」來強調這些沒有全部說完的部分。這個文法基本上意思跟「〜や〜」是一樣的。

例句

○ 私は野菜や果物などを買いました。

我買了蔬菜跟水果等等。

12 ～も～

「…也…」、「都…」

文法說明 可用於再累加上同一類型的事物，如例（1）；表示累加、重複時，「も」除了接在名詞後面，也有接在「名詞＋助詞」之後的用法，如例（2）。

例句

① かばんには財布もかぎもあります。

包包裡有錢包也有鑰匙。

② 駅は公園に近いです。それから、
海にも近いです。

車站離公園很近，還有，離海也很近。

比較

● ～か～ （選擇）

「或者…」

文法說明 表示在幾個當中，任選其中一個。

例句

○ 牛肉か魚が食べたいです。

想吃牛肉或魚。

13 〜か〜か〜 （選擇）

「…或是…」

文法說明 「〜か〜か〜」表示兩個意思對立的選項當中，任選其中一個，如例（1）；另外，「〜か＋疑問詞＋か」表示從舉出的例子，或其他同類的人事物中，選出一個，如例（2）。「疑問詞＋か」用法請參考本書第四章。

例句

① イエスかノーか、まだ返事をもらっていません。

是要或是不要，你還沒回覆我。

② 田中さんか誰かに聞いてください。

麻煩去問田中先生或別人。

比較

● 〜も〜

「…也…」、「都…」

文法說明 可用於再累加上同一類型的事物，如例句；表示累加、重複時，「も」除了接在名詞後面，也有接在「名詞＋助詞」之後的用法。

例句

○ 姉も兄もいません。

沒有姊姊也沒有哥哥。

14 〔句子〕＋か、〔句子〕＋か

「是…，還是…」

文法說明 表示讓聽話人從不確定的兩個事物中，選出一樣來。

○ これは「B_{ビー}」ですか、「13_{じゅうさん}」ですか。

這是「B」呢？還是「13」呢？

～とか～とか

「…啦…啦」、「…或…」、「及…」

■文法説明■ 「とか」前接同類型事物的名詞，或用言基本形之後，表示從各種同類的人事物中選出幾個例子來説，或羅列一些事物，暗示還有其它，是口語的説法。

○ 渋谷_{しぶや}で、マフラーとかくつとか買_かいました。

在澀谷買了圍巾啦，鞋子啦。

3 実力テスト

做對了，往走，做錯了往走。

次の文の＿＿＿には、どんな言葉が入りますか。１・２から最も適当なものを一つ選んでください。

實力測驗

Q 哪一個是正確的？
答案>>在下一頁

---

1 手紙（　　）小包を送りました。
（只寄了信和包裹這兩件時）
1.と　2.や

譯 寄了信和包裹。
1.と：和
2.や：和
解答》請看下一頁

---

2 今日、彼女（　　）手紙を出しました。
1.に　2.から

譯 今天寄了信給她。
1.に：給…、跟…
2.から：從…、由…
解答》請看下一頁

---

3 学校（　　）家へ帰ります。
1.を
2.から

譯 從學校回家。
1.を：X
2.から：從…
解答》請看下一頁

---

4 1日（　　）5回メールを見ます。
1.に
2.で

譯 一天查看5次的電子信箱。
1.に：X
2.で：共…
解答》請看下一頁

---

5 このスマホは8億円（　　）します。
1.ずつ　2.も

譯 這台智慧型手機竟要價8億日圓。
1.ずつ：每、各
2.も：竟、也
解答》請看下一頁

---

6 ここは私（　　）働いている会社です。
1.の　2.は

譯 這裡是我上班的公司。
1.の：的
2.は：X
解答》請看下一頁

---

7 高橋さんとは会いましたが、山下さん（　　）会っていません。
1.とは　2.とも

譯 跟高橋小姐碰了面，但沒有跟山下小姐碰面。
1.とは：X
2.とも：X
解答》請看下一頁

なるほどの解説を確認して、次の章へ進もう！

38

なるほどの解説

1 比較

兩個文法意思都是「…和…」，但「と」會舉出所有事物；「や」暗示除了舉出的兩、三個，還有其他的。

答案：1

2 比較

「に」前面是動作的接受者，也就是得到東西的人；「から」前面是動作的施予者，也就是給東西的人。但是，用句型「～をもらいます」（得到…）時，表示給東西的人，用「から」或「に」都可以，這時候「に」表示動作的來源，要特別記下來喔！

答案：1

3 比較

「を」表示離開某個具體的場所、交通工具，後面常接「出ます／でます」（出去；出來）、「降ります／おります」（下＜交通工具＞）等動詞；「から」則表示起點，強調從某個場所或時間點開始做某個動作。因為這題的「帰ります」比起「離開」，更著重在「到達」的概念，所以不能用「を」。

答案：2

4 比較

兩個文法的格助詞「に」跟「で」前後都會接數字，但「〔時間〕＋に＋〔次數〕」前面是某段時間，後面通常用「～回／かい」（…次）；「〔數量〕＋で＋〔數量〕」是表示總額的統計。

答案：1

5 比較

兩個文法都接在數量詞後面，但「ずつ」表示數量是平均分配的；「も」是強調數量比一般想像的還多。

答案：2

6 比較

　「の」可以表示修飾名詞句節的主語。譬如，如果將「これは歌です」（這是歌）跟「これは私が作りました」（這是我作的）兩句話合起來說，就是「これは私が作った歌です」（這是我作的歌）。其中的「は」點出句子的主題，而「が」表示後項敘述（修飾名詞句節）的主語，這時候可以用「の」來代替「が」。因為「は」表示整句話的主題，不能拿來表示修飾名詞句的主語。

答案：1

7 比較

　「は」前接格助詞時，是用在特別提出格助詞前面的名詞的時候；「も」前接格助詞時，表示除了格助詞前面的名詞以外，還有其他的人事物。

答案：1

4 実力テスト

做對了，往😊走，做錯了往❌走。

次の文の＿＿には、どんな言葉が入りますか。１・２から最も適当なものを一つ選んでください。

實力測驗

Q 哪一個是正確的？
答案＞＞在下一頁

1 子ども（ ）あめを二つずつあげます。

1. に　2. と

譯 給孩子每人各兩顆糖。
1. に：給…、跟…
2. と：跟…（一起）

解答≫請看下一頁

2 あなたは料理が上手です（ ）。

1. ね　2. よ

譯 你很會做菜呢。
1. ね：X
2. よ：喔

解答≫請看下一頁

3 今日は水曜日じゃありませんよ、木曜日です（ ）。

1. よ　2. か

譯 今天不是星期三喔，是星期四喔！
1. よ：喔
2. か：嗎、呢

解答≫請看下一頁

4 8月1日（ ）9月30日（ ）夏休みです。

1. から〜まで　2. や〜など

譯 從8月1日到9月30日是暑假。
1. 〜から〜まで：從…到…
2. 〜や〜など：…和…等

解答≫請看下一頁

5 来週（ ）再来週、お金を返すつもりです。

1. か　2. も

譯 預計下週或下下週還你錢。
1. か：或者
2. も：也、都

解答≫請看下一頁

6 韓国へ行きました。それから、日本へ（ ）行きました。

1. か　2. も

譯 去了韓國，還有，也去了日本。
1. か：或是
2. も：也、都

解答≫請看下一頁

7 これは日本酒です（ ）、焼酎です（ ）。

1. か〜か　2. とか〜とか

譯 這是清酒呢？還是燒酒呢？
1. か〜か：是…還是…
2. とか〜とか：…啦…啦、…或…

解答≫請看下一頁

なるほどの解説を確認して、次の章へ進もう！

なるほどの解説

1 比較

　　前面接人的時候，「に」表示單方面對另一方實行某動作；「と」則表示雙方一起做某事。譬如，「会います」（見面）前面接「に」的話，表示單方面有事想見某人，或是和某人碰巧遇到，但如果接「と」的話，表示是在約定好，雙方都有準備要見面的情況下。

答案：1

2 比較

　　終助詞「ね」主要是表示徵求對方的同意，也可以表示感動，而且使用在認為對方也知道的事物；終助詞「よ」則表示將自己的意見或心情傳達給對方，使用在認為對方不知道的事物。這一題的空格也有可能填入「よ」，但是在比較特殊的情況下，譬如，當有個女性哭著說，丈夫因為嫌棄自己作的菜，而怒罵她，就可以安慰她說「そんなことありません、あなたは料理が上手ですよ」（沒那回事，你很會做菜啊）。不過，通常一般人應該知道自己會不會做菜，所以這題比較適當的答案是「ね」。

答案：1

3 比較

　　終助詞「よ」用在促使對方注意，或使對方接受自己的意見時；終助詞「か」用在問別人自己想知道的事。

答案：1

4 比較

　　「〜から〜まで」表示距離、時間的起點與終點，是「從…到…」的意思；「〜や〜など」則是列舉出部分的項目，是「…和…等」的意思。

答案：1

5 比較

　　「〜か〜」表示選擇，要在列舉的事物中，選出一個；但「〜も〜」表示並列，或累加、重複時，這些被舉出的事物，都符合後面的敘述。

答案：1

6 比較

　　「～か～」會接意思對立的兩個選項，表示從中選出一方；但「も」表示累加、重複，除了接在名詞後面，也有接在「名詞＋助詞」之後的用法。

答案：2

7 比較

　　「～か～か」會接句子，表示提供聽話人兩個方案，要他選出來；但「～とか～とか」接名詞、動詞基本形、形容詞或形容動詞，表示從眾多同類人事物中，舉出兩個來加以說明。

答案：1

メモ

指示詞的使用

☐ これ、それ、あれ、どれ
☐ ここ、そこ、あそこ、どこ

1 これ、それ、あれ、どれ

文法說明 這一組是指示事物給對方看的說法。「これ」（這）指說話者身邊的事物；「それ」（那）指聽話者身邊的事物；「あれ」（那）指雙方距離都遠的事物；「どれ」（哪）表示說話者不確定的事物，一般出現在疑問句中。但只用在指事物，不可以用在指人。

例句

① これは時計です。
　　這是時鐘。

② それは雑誌です。
　　那是雜誌。

③ あれは１０９です。
　　那是 109 百貨。

④ どれがあなたの本ですか。
　　哪一本是你的書呢？

● この、その、あの、どの

文法說明 這一組是指示連體詞,後面必須接名詞,不能單獨使用。除了指事物以外,也可以用在指人。「この」(這…)指説話者身邊的事物;「その」(那…)指聽話者身邊的事物;「あの」(那…)指雙方距離都遠的事物;「どの」(哪…)説話者不確定的事物,一般出現在疑問句中。

例句

① この本は村上春樹の小説です。
ほん　むらかみはるき　　しょうせつ

這本書是村上春樹的小說。

② その人は誰ですか。
ひと　だれ

那個人是誰呢?

③ あの人は佐々木さんです。
ひと　ささき

那個人是佐佐木小姐。

④ どの人が田中さんですか。
ひと　たなか

哪一個人是田中先生呢?

---

2 ここ、そこ、あそこ、どこ

文法說明 這一組是指示地點的説法。「ここ」(這裡)指説話者身邊的場所;「そこ」(那裡)指聽話者身邊的場所;「あそこ」(那裡)指離雙方都較遠的場所;「どこ」(哪裡)表示説話者不確定的場所,一般出現在疑問句中。

① ここはコンピューターの教室です。

這裡是電腦教室。

② そこは会議室です。

那裡是會議室。

③ あそこはプールです。

那裡是游泳池。

④ トイレはどこですか。

洗手間在哪裡呢？

比較

こちら、そちら、あちら、どちら

文法說明　這一組是指示方向的說法。「こちら」（這邊）指離説話者近的方向；「そちら」（那邊）指離聽話者近的方向；「あちら」（那邊）指離説話者和聽話者都遠的方向；「どちら」（哪邊）表示説話者不確定的方向，一般出現在疑問句中。另外，也可以表示場所或人物，但説法比較委婉。

例句

① こちらは山田先生です。

這一位是山田老師。

② そちらは図書室です。

那邊是圖書室。

③ お手洗いはあちらです。

洗手間在那邊。

④ お国はどちらですか。

您的國家是哪裡呢？

5 実力テスト

做對了，往😊走，做錯了往❌走。

次の文の＿＿には、どんな言葉が入りますか。１・２から最も適当なものを一つ選んでください。

實力測驗

Q 哪一個是正確的？
答案＞＞在下一頁

1 私が買ったのは（　）です。
1. これ
2. この

😊　❌

2 （　）へどうぞ。
1. ここ
2. こちら

譯 我買的是這個。
1. これ：這個
2. この：這

解答》請看下一頁

❌

譯 這邊請。
1. ここ：這裡
2. こちら：這裡

解答》請看下一頁

😊　❌

なるほどの解説を確認して、
次の章へ進もう！

メモ

なるほどの解説

1 比較

　「これ、それ、あれ、どれ」用來代替某個事物；「この、その、あの、どの」是指示連體詞，後面一定要接名詞，才能代替提到的人事物。

答案：1

2 比較

　「ここ、そこ、あそこ、どこ」跟「こちら、そちら、あちら、どちら」都可以用來指場所，但「こちら、そちら、あちら、どちら」的語氣比較委婉、謹慎。由於「どうぞ」是禮貌的說法，所以這題空格填入「こちら」比較適當。

　以上四組文法又稱作「こそあど系列」，其中「そ系列」跟「あ系列」最容易被搞混。基本上在對話中，如果Ａ談到了Ｂ不知道的內容，Ｂ就要用「そ系列」代替那個自己不知道的內容；但如果是ＡＢ雙方都知道的人事物地，會用「あ系列」。

答案：2

メモ

疑問詞的使用

- [ ] なに、なん
- [ ] だれ、どなた
- [ ] いつ
- [ ] どこ
- [ ] なに＋か
- [ ] だれ＋か
- [ ] いつ＋か
- [ ] どこ＋か
- [ ] いくつ（個数、年齢）
- [ ] いくら
- [ ] どう、いかが
- [ ] どうして

---

1 なに、なん
「什麼」

文法說明　「何（なに）／（なん）」代替名稱或情況不瞭解的事物，或用在詢問數字時，相當於英文的「what」。一般而言，表示「什麼東西」時，讀作「なに」；表示「多少」時，讀作「なん」。但是，「何だ（なんだ）」、「何の（なんの）」一般要讀作「なん」。

例句

① 明日、何をしますか。
　 明天要做什麼呢？

② それは何ですか。
　 那是什麼呢？

③ 今、何時ですか。
　 現在幾點呢？

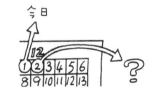

比較

● **なに＋か**

「什麼」、「某個東西」

文法說明　「か」的前面接疑問詞，表示不明確、不肯定，沒有辦法具體說清楚，或沒必要說明的事物。當「か」前面接「なに」的時候，表示不確定的某樣東西，或沒特別指定的隨便一樣東西。

例句

○ おなかがすきましたね。
　 何か食べましょう。
肚子餓了吧！吃點東西吧。

---

2 だれ、どなた
「誰」、「哪位…」

文法說明　「だれ」是詢問不知道名字的人，或不知道是哪個人，相當於英文的「who」，如例（1）。「どなた」和「だれ」一樣用在詢問人物，但是比「だれ」説法還要客氣，如例（2）。

例句

① あの人は誰ですか。
那個人是誰呢？

② あなたはどなたですか。
您是哪位呢？

比較

● だれ＋か
「誰」、「某人」

文法說明　「か」的前面接疑問詞，表示不明確、不肯定，沒有辦法具體説清楚，或沒必要説明的事物。當「か」前面接「だれ」的時候，表示不確定是誰，或沒特別指定的隨便一個人。

例句

○ 部屋に誰かいますか。
房間裡有人嗎？

3 いつ
「什麼時候」

文法說明 「いつ」用來問不確定的時間點，相當於英文的「when」。

例句

○ いつ仕事が終わりますか。
工作什麼時候結束呢？

比較

• **いつ＋か**

「不知什麼時候」；「改天」、「總有一天」

文法說明 「か」的前面接疑問詞，表示不明確、不肯定，沒有辦法具體說清楚，或沒必要說明的事物。當「か」前面接「いつ」的時候，表示不確定的時間點，或未來某個時候。

例句

○ またいつか会いましょう。
哪天再見面吧！（後會有期。）

4 どこ
「哪裡」

文法說明 這是指示地點的說法。表示說話者不確定的場所，一般出現在疑問句中，相當於英文的「where」。

○ コンサートをする場所_{ばしょ}はどこですか。

舉辦音樂會的場地在哪裡呢？

比較

● **どこ＋か**

「什麼地方」、「某個地方」

文法說明 「か」的前面接疑問詞，表示不明確、不肯定，沒有辦法具體說清楚，或沒必要說明的事物。當「か」前面接「どこ」的時候，表示不確定在哪裡，或沒特別指出確切位置的場所。

例句

○ 今度_{こんど}の日曜日_{にちようび}、どこかへ行_いきましょう。

下次星期天到什麼地方去吧！

---

5 なに＋か
「什麼」、「某個東西」

文法說明 「か」的前面接疑問詞，表示不明確、不肯定，沒有辦法具體說清楚，或沒必要說明的事物。當「か」前面接「なに」的時候，表示不確定的某樣東西，或沒特別指定的隨便一樣東西。

例句

○ 何_{なに}かおやつを食_たべますか。

你要不要吃什麼點心？

比較

● **なに＋が（疑問詞主語）**

「什麼」

文法說明 當問句使用「なに」這個疑問詞作為主語時，主語後面會接「が」。

例句

○ 冷蔵庫に何がありますか。
  れいぞうこ　なに

  冰箱裡面有什麼呢？

6 だれ＋か

「誰」、「某人」

文法說明　「か」的前面接疑問詞，表示不明確、不肯定，沒有辦法具體說清楚，或沒必要説明的事物。當「か」前面接「だれ」的時候，表示不確定是誰，或沒特別指定的隨便一個人。

例句

○ 誰か助けてください。
  だれ　たす

  誰來救救我啊！

比較

● だれ＋が（疑問詞主語）

文法說明　當問句使用「だれ」這個疑問詞作為主語時，主語後面會接「が」。

例句

○ 歌手の中で誰がいちばんハンサムですか。
  かしゅ　なか　だれ

  歌手中誰最英俊？

7 いつ＋か

「不知什麼時候」；「改天」、「總有一天」

文法說明　「か」的前面接疑問詞，表示不明確、不肯定，沒有辦法具體說清楚，或沒必要説明的事物。當「か」前面接「いつ」的時候，表示不確定的時間點，或未來某個時候。

○ いつか日本へ旅行に行きたいです。

期待有一天能去日本旅行。

● **いつ＋が（疑問詞主語）**

「什麼時候」

【文法說明】 當問句使用「いつ」這個疑問詞作為主語時，主語後面會接「が」。

○ 来週、いつが空いていますか。

下禮拜什麼時候有空呢？

8 どこ＋か
「什麼地方」、「某個地方」

【文法說明】 「か」的前面接疑問詞，表示不明確、不肯定，沒有辦法具體說清楚，或沒必要說明的事物。當「か」前面接「どこ」的時候，表示不確定在哪裡，或沒特別指出確切位置的場所。

○ 夏休みにどこかへ行きたいです。

暑假想去個什麼地方。

● **どこ＋が（疑問詞主語）**

「什麼地方」

【文法說明】 當問句使用「どこ」這個疑問詞作為主語時，主語後面會接「が」。

○ これとそれは、どこが違<ruby>違<rt>ちが</rt></ruby>うんですか。

這個跟那個，哪裡不一樣呢？

---

9 いくつ（個數、年齡）

「幾個」、「多少」；「幾歲」

文法說明 表示不確定的個數，如例（1）。也可以詢問年齡，這時候「いくつ」前面可以加敬語接頭詞「お」，如例（2）。

例句

① ボールはいくつありますか。

有幾顆球呢？

② <ruby>山田<rt>やまだ</rt></ruby>さんのお<ruby>子<rt>こ</rt></ruby>さんはおいくつですか。

山田先生的小孩幾歲呢？

比較

● いくら

「多少（錢）」

文法說明 表示不明確的價格、工資、數量、時間、距離等。

例句

○ <ruby>本<rt>ほん</rt></ruby>は３<ruby>冊<rt>さつ</rt></ruby>でいくらですか。

書３本多少錢？

10 いくら

「多少（錢）」

文法說明 表示不明確的數量，但通常用在問價錢。

例句

○ このシャツは1枚<ruby>一枚<rt>いちまい</rt></ruby>いくらですか。

這件襯衫一件多少錢？

比較

• どのぐらい、どれぐらい

「多（久）…」

文法說明 用在問時間、金錢、距離、喜好等的程度，會依句子的內容，翻譯成「多久、多少錢、多遠、多少」等。「ぐらい」也可換成「くらい」。

例句

○ <ruby>太郎<rt>たろう</rt></ruby>は<ruby>身長<rt>しんちょう</rt></ruby>がどれぐらいありますか。

太郎身高有多高？

11 どう、いかが

「如何」、「怎麼樣」；「要不要…」

文法說明 「どう」詢問對方的想法或狀況，還有不知道情況是如何或該怎麼做等，相當於英文的「how」，如例（1）。「いかが」跟「どう」一樣，只是說法更有禮貌。另外，「いかが」跟「どう」也可以用在勸誘對方做某事，如例（2）。

例句

① テストはどうでしたか。

考試考得怎麼樣呢？

② お<ruby>茶<rt>ちゃ</rt></ruby>はいかがですか。

要不要來杯茶呢？

● どんな

「什麼樣的」

文法說明 「どんな」後面通常接名詞，用在詢問人的特質，或事物的種類、內容。

例句

○ あなたの部屋はどんな部屋ですか。

你的房間是什麼樣的房間？

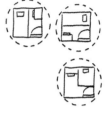

---

12 どうして

「為什麼」；「怎麼」、「如何」

文法說明 表示疑問、不清楚的疑問詞，相當於英文的「why」。可以用在書面，或是較慎重的口語說法。也有「怎麼」、「如何」的意思。

例句

○ どうしてご飯を食べないのですか。

為什麼不吃飯呢？

● なぜ、なんで

「為什麼」

文法說明 「なぜ」跟「なんで」一樣，都是表示疑問、不清楚的疑問詞。但「なぜ」通常用在書面，「なんで」是較草率的口語說法。兩個都沒有「怎麼」、「如何」的意思。

例句

① なぜ日本語を勉強しているのですか。

為什麼要學習日語呢？

② なんであの人が嫌いなんですか。

為什麼會討厭那個人呢？

6 実力テスト

做對了，往😊走，做錯了往❌走。

次の文の＿＿には、どんな言葉が入りますか。1・2から最も適当なものを一つ選んでください。

實力測驗

Q 哪一個是正確的？

答案>>在下一頁

1 明日は（　）曜日ですか。
1. 何
2. 何か

譯 明天是星期幾呢？
1. 何：什麼
2. 何か：什麼、某個東西

解答》請看下一頁

2 嵐の中で（　）が一番歌がうまいですか。
1. 誰　2. 誰か

譯 「嵐」的成員中，誰最會唱歌？
1. 誰：誰
2. 誰か：誰、某人

解答》請看下一頁

3 （　）から日本語を勉強していますか。
1. いつ　2. いつか

譯 從什麼時候開始學日語呢？
1. いつ：什麼時候
2. いつか：不知什麼時候；改天、總有一天

解答》請看下一頁

4 あの人は（　）から来ましたか。
1. どこ
2. どこか

譯 那個人是從哪裡來的呢？
1. どこ：哪裡
2. どこか：什麼地方、某個地方

解答》請看下一頁

5 あそこで（　）光っています。
1. 何か
2. 何が

譯 那裡有某個東西在發光。
1. 何か：什麼、某個東西
2. 何が：什麼

解答》請看下一頁

6 この絵は（　）描きましたか。
1. 誰か
2. 誰が

譯 這畫是誰畫的？
1. 誰か：誰、某人
2. 誰が：誰

解答》請看下一頁

なるほどの解説を確認して、
次の章へ進もう！

1 比較

　「なに／なん」通常只出現在疑問句，用來詢問不清楚的事物；「なに＋か」則是代替某個不確定，或沒有明確說明的事物，而且不只能用在疑問句，也可能出現在肯定句等。

答案：1

2 比較

　「だれ」通常只出現在疑問句，用來詢問人物；「だれ＋か」則是代替某個不確定，或沒有特別指定的某人，而且不只能用在疑問句，也可能出現在肯定句等。

答案：1

3 比較

　「いつ」通常只出現在疑問句，用來詢問時間；「いつ＋か」則是代替過去或未來某個不確定的時間，而且不只能用在疑問句，也可能出現在肯定句等。

答案：1

4 比較

　「どこ」通常只出現在疑問句，用來詢問不確定的場所；「どこ＋か」則是代替某個不確定，或沒有指出確切位置的地方，而且不只能用在疑問句，也可能出現在肯定句等。

答案：1

5 比較

　「なに＋か」是代替某個不確定，或沒有明確說明的事物，而且不只能用在疑問句，也可能出現在肯定句等；「なに＋が」則出現在疑問句，用來詢問不明確的事物。

答案：1

6 比較

　「だれ＋か」是代替某個不確定，或沒有特別指定的某人，而且不只能用在疑問句，也可能出現在肯定句等；「だれ＋が」則出現在疑問句，用來詢問不確定的人物。

答案：2

次の文の＿＿には、どんな言葉が入りますか。1・2から最も適当なものを一つ選んでください。

實力測驗

Q 哪一個是正確的？

答案>>在下一頁

1 野球の練習は（　　）いいですか。
1. いつか
2. いつが

譯 棒球練習什麼時候好呢？
1. いつか：不知什麼時候；改天、總有一天
2. いつが：什麼時候

解答》請看下一頁

2 日本で（　　）一番にぎやかですか。
1. どこか　2. どこが

譯 日本哪裡最熱鬧？
1. どこか：什麼地方
2. どこが：什麼地方、某個地方

解答》請看下一頁

3 このみかんは（　　）ですか。
1. いくつ
2. いくら

譯 這種橘子多少錢呢？
1. いくつ：幾個、多少；幾歲
2. いくら：多少（錢）

解答》請看下一頁

4 大阪の人口は（　　）ですか。
1. いくら
2. どのぐらい

譯 大阪有多少人口呢？
1. いくら：多少（錢）
2. どのぐらい：多（久）…

解答》請看下一頁

5 コーヒーは（　　）ですか。
1. どう
2. どんな

譯 要不要來杯咖啡呢？
1. どう：如何、怎麼樣；要不要…
2. どんな：什麼樣的

解答》請看下一頁

6 今日は（　　）来ましたか。電車ですか、バスですか。
1. どうして　2. なぜ

譯 今天是怎麼來的？搭電車？還是公車？
1. どうして：為什麼；怎麼、如何
2. なぜ：為什麼

解答》請看下一頁

なるほどの解説を確認して、次の章へ進もう！

1 比較

「いつ＋か」是代替過去或未來某個不確定的時間，而且不只能用在疑問句，也可能出現在肯定句等；「いつ＋が」則出現在疑問句，用來詢問不確定的時間。

答案：2

2 比較

「どこ＋か」是代替某個不確定，或沒有指出確切位置的地方，而且不只能用在疑問句，也可能出現在肯定句等；「どこ＋が」則出現在疑問句，用來詢問不確定的地點。

答案：2

3 比較

兩個文法都用來問數字問題，「いくつ」用在問東西的個數，大概就是英文的「how many」，也能用在問人的年齡；「いくら」可以問價格、時間、距離等數量，大概就是英文的「how much」，但不能拿來問年齡。

答案：2

4 比較

「いくら」可以表示詢問各種不明確的數量，但絕大部份用在問價錢。如果問到「これはいくらですか」，意思在問「這個多少錢」，所以會回答「～円です」（…日圓）。問價錢沒有「これはどのぐらいですか」的說法，不過可以用「これの値段はどのぐらいですか」（這個的價錢大約多少呢），這時只要回答大概的金額就行了，所以常會回答「～円ぐらいです」（大約…日圓）。另外，「いくら」表示程度時，不會用在疑問句。譬如，想問對方「你有多喜歡我」，可以說「私のこと、どのぐらい好き？」，但沒有「私のこと、いくら好き？」的說法。

答案：2

なるほどの解説

5 比較

　「どう、いかが」主要用在問對方的想法、狀況、事情「怎麼樣」，或是勸勉誘導對方做某事；「どんな」則是詢問人事物是屬於「什麼樣的」的特質或種類。

答案：1

6 比較

　「どうして」用在書面或慎重的口語說法，除了「為什麼」的意思之外，也可以表示「怎麼」、「如何」；「なぜ」、「なんで」只有「為什麼」的意思。這題可以從「電車ですか、バスですか」，知道問的是交通手段，所以正確答案是有「如何」意思的「どうして」。

答案：1

名詞的表現

☐ 　～は～です
☐ 　～の（準體助詞）
☐ 　たち、がた

1 　～は～です

「…是…」

文法說明　名詞敬體的肯定句句型，表示某東西或某人，屬於「です」前面的名詞。用「です」表示對主題的斷定或是說明。

例句

○ 山田さんは学生です。
　山田小姐是學生。

比較

● **～は～ではありません／ではないです**

「…不是…」

文法說明　名詞敬體的否定句句型，用在表示某東西或某人，不屬於什麼。這時候，肯定句的「です」要改成「ではありません」或「ではないです」。

例句

① これはカメラではありません。
　這不是照相機。

② 山田さんは学生ではないです。
　山田小姐不是學生。

2 ～の（準體助詞）
「…的」

文法說明 準體助詞「の」後面可省略前面出現過，或無須說明大家都能理解的名詞，不需要再重複，或替代該名詞。

例句

○ この曲は福山雅治のです。

這首歌是福山雅治的。

比較

● ～こと

文法說明 「こと」前接名詞修飾短句，使前面的短句名詞化。

例句

○ 自分に合った仕事を探すことが大切です。

找適合自己的工作很重要。

3 たち、がた
「…們」

文法說明 接尾詞「たち」接在「私」、「あなた」等人稱代名詞，或「子ども（こども）」、「大人（おとな）」等名詞的後面，表示人的複數，如例（1）；接尾詞「方（がた）」也是表示人的複數的敬稱，說法更有禮貌，如例（2）、（3）；「方（かた）」是對「人」表示敬意的說法，如例（4）；「方々（かたがた）」是對「人たち」（人們）表示敬意的說法，如例（5）。

① 学生たちが広場に集まりました。
學生們聚集在廣場。

② あなた方はどなたですか。
您們是誰呢？

③ 私はけさ大学の先生方と会いました。
早上我跟大學的老師們碰了面。

④ あの方は日本語の先生です。
那位是日語老師。

⑤ ご来場の方々に申し上げます。
蒞臨的貴賓們請注意。

比較

● **かた**

「…法」、「…樣子」

文法說明 前面接動詞連用形，表示方法、手段、程度跟情況。

例句

○ 電話のかけ方を教えてください。
請告訴我怎麼打電話。

8 実力テスト

做對了，往走，做錯了往✗走。

次の文の＿＿には、どんな言葉が入りますか。1・2から最も適当なものを一つ選んでください。

實力測驗

Q哪一個是正確的？

答案≫在下一頁

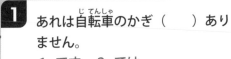

1 あれは自転車のかぎ（　　）ありません。
1. です　2. では

譯 那不是腳踏車的鑰匙。
1. です：✗
2. では：✗

解答≫請看下一頁

2 その靴は私（　　）です。
1. の
2. こと

譯 那雙鞋是我的。
1. の：✗
2. こと：✗

解答≫請看下一頁

3 私（　　）は駅までバスで行きましょう。
1. たち　2. かた

譯 我們坐巴士到車站吧！
1. たち：們
2. かた：…法

解答≫請看下一頁

なるほどの解説を確認して、次の章へ進もう！

メモ

なるほどの解説

1 比較

　　兩個文法「は」前面的名詞都是主題，但「～は～です」是肯定句，「～は～ではありません／ではないです」是否定句。

答案：2

2 比較

　　用「名詞＋の」的形式，可以省略原本後面會出現的名詞；「こと」前面要接短句。這題是將「この靴は私の靴です」中，第二次出現的「靴」省略掉。

答案：1

3 比較

　　「たち」、「がた」接人物，表示人物的複數；「かた」接動詞連用形，表示方法或情況等。另外，「がた」表示尊敬，所以「私」的後面只能接「たち」，而不能接「がた」。

答案：1

メモ

形容詞與形容動詞的表現

☐ 形容詞（現在肯定／現在否定）
☐ 形容詞（過去肯定／過去否定）
☐ 形容詞くて
☐ 形容詞く＋動詞
☐ 形容詞＋名詞
☐ 形容詞＋の

1 形容詞（現在肯定／現在否定）

文法說明 形容詞述語句的常體是到詞尾「い」就結束，如例（1）。「い」前面不會變化的部分叫做詞幹。至於形容詞述語句的敬體，肯定敘述句用句型「名詞＋は＋形容詞辭書形＋です」，來表示事物目前性質、狀態等，如例（2）。請不要把「です」當做形容詞的詞尾喔！形容詞述語句的否定式，是將詞尾「い」轉變成「く」，然後再加上「ありません」或是「ないです」，如例（3）、（4）。

例句

① すしはおいしい。
　壽司好吃。

② この指輪（ゆびわ）は安（やす）いです。
　這只戒指很便宜。

③ この指輪（ゆびわ）は安（やす）くありません。
　這只戒指不便宜。

④ この指輪（ゆびわ）は安（やす）くないです。
　這只戒指不便宜。

● 形容動詞（現在肯定／現在否定）

文法說明 形容動詞述語句的常體是到詞尾「だ」就結束，如例（1）。「だ」前面不會變化的部分叫做詞幹。至於形容動詞的肯定敘述句，把詞尾「だ」換成「です」是敬體說法，如例（2）；形容動詞的否定式，是把詞尾「だ」變成「で」，然後中間插入「は」，最後加上「ありません」或「ないです」，如例（3）、（4）。

例句

① 星がきれいだ。
星星很美。

② 私はあの人が嫌いです。
我討厭那個人。

③ 日本語は上手ではありません。
我的日文不好。

④ 日本語は上手ではないです。
我的日文不好。

---

2 形容詞（過去肯定／過去否定）

文法說明 形容詞的過去肯定，是將詞尾「い」改成「かっ」再加上「た」，用敬體時「かった」後面要再接「です」，如例（1）；形容詞的過去否定，是將詞尾「い」改成「く」，再加上「ありませんでした」，如例（2）；或將現在否定式的「ない」改成「なかっ」，然後加上「た」，用敬體時「なかった」後面要再接「です」，如例（3）。

例句

① 昨日は暑かったです。

昨天很熱。

② 昼ご飯は、おいしくありませんでした。

午餐不好吃。

③ 昨日は忙しくなかったです。

昨天很閒。

比較

形容動詞（過去肯定／過去否定）

文法說明 形容動詞的過去肯定，是將現在肯定詞尾「だ」變成「だっ」再加上「た」，敬體是將詞尾「だ」換成「でし」再加上「た」，如例（1）；形容動詞過去否定式，是將現在否定的「ではありません」後接「でした」，如例（2）；或將現在否定式的「ではない」改成「ではなかっ」，然後加上「た」，用敬體時「ではなかった」後面要再接「です」，如例（3）。

例句

① 昨日は暇でした。

昨天很閒。

② この町はにぎやかではありませんでした。

這個城鎮以前不熱鬧。

③ 母は元気ではなかったです。

媽媽沒精神。

3 形容詞くて

文法說明 形容詞詞尾「い」改成「く」，再接上「て」，表示句子還沒説完到此暫時停頓或屬性的並列（連接形容詞或形容動詞時），如例（1）、（2）；也可表示理由、原因之意，但其因果關係比「～から」、「～ので」還弱，如例（3）。

① あの映画は長くてつまらないです。

那齣電影又冗長，又沒意思。

② あのホテルは大きくてきれいです。

那個飯店又寬敞又整潔。

③ 映画館は、人が多くて大変でした。

電影院人很多，真是受夠了。

比較

● 形容動詞で

文法說明 形容動詞詞尾「だ」改成「で」，表示句子還沒說完到此暫時停頓，或屬性的並列（連接形容詞或形容動詞時）之意，如例（1）；也有表示理由、原因之意，但其因果關係比「〜から」、「〜ので」還弱，如例（2）。

① 彼はハンサムですてきな人です。

他是個英俊又出色的人。

② 花火大会はにぎやかで好きです。

煙火晚會很熱鬧，我很喜歡。

4 形容詞く＋動詞

文法說明 形容詞詞尾「い」改成「く」，可以修飾句子裡的動詞。

○ そこはいつも風が強く吹いています。

那裡總是颳著很大的風。

● 形容動詞に＋動詞

文法說明 形容動詞詞尾「だ」改成「に」，可以修飾句子裡的動詞。

例句

○ ドアは静かに閉めてください。

請輕輕地關門。

---

5 形容詞＋名詞

文法說明 形容詞要修飾名詞，就是把名詞直接放在形容詞辭書形後面，如例句。另外，連體詞是用來修飾名詞，沒有活用，數量不多。N5程度只要記住「この、その、あの、どの、大きな、小さな」這幾個字就可以了。

例句

① 原宿は面白い服の女の人が多いです。

原宿有很多打扮吸引人的女人。

② 私は話が面白い人が好きです。

我喜歡說話風趣的人。

● 形容動詞な＋名詞

文法說明 形容動詞要後接名詞，得把詞尾「だ」改成「な」，才可以修飾後面的名詞。

例句

○ おばさんはきれいな人です。

阿姨是漂亮的人。

6 形容詞＋の

形容詞後面接的「の」是一個代替名詞，代替句中前面已出現過，或是無須解釋就明白的名詞。

例句

○ 私の傘はあの白いのです。

我的雨傘是那隻白色的。

比較

• 形容動詞な＋の

形容動詞後面接代替句子的某個名詞「の」時，要將詞尾「だ」變成「な」。

例句

○ 一番静かなのはここです。

最安靜的是這裡。

9 実力テスト

做對了，往😊走，做錯了往❌走。

次の文の＿＿＿には、どんな言葉が入りますか。１・２から最も適当なものを一つ選んでください。

實力測驗

Q 哪一個是正確的？

答案＞＞在下一頁

---

1 このりんごは（　　）です。

1. すっぱい
2. すっぱいな

譯 這顆蘋果很酸。

1. すっぱい：酸
2. すっぱいな：Ｘ

解答》請看下一頁

---

2 今日は宿題が多くて（　　）。

1. 大変かったです
2. 大変でした

譯 今天作業很多，真夠累的。

1. 大変かったです：Ｘ
2. 大変でした：累、辛苦

解答》請看下一頁

---

3 山田さんの指は、（　　）長いです。

1. 細くて　2. 細いで

譯 山田小姐的手指又細又長。

1. 細くて：細
2. 細いで：Ｘ

解答》請看下一頁

---

4 （　　）宿題を出してください。

1. 早く
2. 早いに

譯 請快點交作業。

1. 早く：快點
2. 早いに：Ｘ

解答》請看下一頁

---

5 あの（　　）建物は美術館です。

1. 古い　2. 古いな

譯 那棟老舊的建築是美術館。

1. 古い：老舊的
2. 古いな：Ｘ

解答》請看下一頁

---

6 花子の財布はあの（　　）のです。

1. まるい　2. まるいな

譯 花子的錢包是那個圓形的。

1. まるい：圓形的
2. まるいな：Ｘ

解答》請看下一頁

なるほどの解説を確認して、
次の章へ進もう！

なるほどの解説

1 比較

形容詞跟形容動詞都用來表示人事物的性質、狀態，但活用變化不一樣。形容詞最大特徵就是詞尾「い」，而形容動詞的詞尾是「だ」。另外，用日語字典查形容詞的時候，查到的字詞包括詞幹跟詞尾。但是，查形容動詞時，查到的字詞大多只寫詞幹喔！請注意，「きれい」（漂亮）、「嫌い／きらい」（討厭）常被誤以為是形容詞，但其實是形容動詞。

答案：1

2 比較

形容詞與形容動詞的活用變化不一樣，剛開始可能沒辦法馬上將現在式轉變成過去式，但不用緊張，接下來再復習一下吧。形容詞的過去肯定＝「形容詞詞幹＋かった（です）」；形容動詞的過去肯定＝「形容動詞詞幹＋でした／だった」。形容詞的過去否定＝「形容詞詞幹＋くありませんでした／くなかった（です）」；形容動詞的過去否定＝「形容動詞詞幹＋ではありませんでした／ではなかった（です）」。

答案：2

3 比較

這兩個文法重點是在形容詞與形容動詞的活用變化。簡單整理一下，句子的中間停頓形式是「形容詞詞幹＋くて」、「形容動詞詞幹＋で」。請注意，「きれい」（漂亮）、「嫌い／きらい」（討厭）是形容動詞，所以中間停頓形式是「きれいで」、「嫌いで」喔！

答案：1

4 比較

形容詞與形容動詞要修飾動詞，不可以直接接在動詞前面，要注意活用變化喔！簡單整理一下，形容詞修飾動詞用「形容詞詞幹＋く＋動詞」；形容動詞修飾動詞用「形容動詞詞幹＋に＋動詞」。另外，這題題目是為了要結合「早く出して」（快點交）跟「宿題を出して」（交作業），所以將「宿題を」放在「早く」、「出して」兩個中間。

答案：1

5 比較

　　形容詞要修飾名詞，直接將辭書形接在名詞前面就行了。請注意，形容詞跟名詞中間不需要加「の」喔！但形容動詞要修飾名詞的話，要用「形容動詞詞幹＋な＋名詞」的形式。

答案：1

6 比較

　　這兩個文法重點還是在形容詞與形容動詞的活用變化。不過，因為後面接的「の」是代替某個名詞，接續變化會跟後接名詞時一樣。所以，形容詞用辭書形接「の」，形容動詞用「形容動詞詞幹＋な」才能接「の」。

答案：1

メモ

動詞的表現

☐ 動詞（現在肯定／現在否定）
☐ ～に～があります／います
☐ 動詞述語句（敬體）
☐ 動詞＋名詞
☐ 〔動詞＋ています〕（動作進行中）
☐ 〔動詞＋ています〕（結果或狀態的持續）
☐ 動詞（過去肯定／過去否定）

☐ 動詞（習慣行為）
☐ ～が＋自動詞
☐ 自動詞＋ています
☐ 動詞たり、動詞たりします
☐ ～をもらいます

---

1 動詞（現在肯定／現在否定）

文法說明 表示人或事物的存在、動作、行為和作用的詞叫動詞。動詞述語句現在肯定式敬體用「～ます」，如例（1）；否定式的話，就要把「ます」改成「～ません」，如例（2）；可以用在習慣行為，常會跟「每日／まいにち」（每天）等單字一起使用，如例（3）；表示現在的狀態，用存在動詞「います」（用在有生命體的人或動物）或「あります」（用在植物或無生命物），如例（4）；或未來的計畫或打算，常搭配表示未來的時間，像是「明日／あした」（明天）、「来年／らいねん」（明年）等，如例（5）。

例句

① 花子は勉強します。
花子唸書。

② 雪が降りません。
不會下雪。

③ 毎日、学校へ行きます。
每天去學校。

④ 本屋の隣に花屋があります。
書店隔壁有花店。

⑤ 明日、山口さんが来ます。
明天山口小姐會來。

● 動詞（過去肯定／過去否定）

文法說明 動詞過去式表示人或事物過去的存在、動作、行為和作用。
動詞述語句過去肯定式敬體用「～ました」，如例（1）；動詞述語句過
去否定式敬體的話，就要用「～ませんでした」，如例（2）。

例句

① 昨日、日光に行きました。
　きのう　にっこう　い
昨天去了日光。

② 先週は雨が降りませんでした。
　せんしゅう　あめ　ふ
上個星期沒有下雨。

2　～に～があります／います

「某處有某物或人」

文法說明 表示某場所存在某種無生命物或植物，用「場所＋に＋物／
植物＋が＋あります」這一句型，如例（1）；表示某場所存在某個有生
命的動物或人，就用「場所＋に＋動物／人＋が＋います」這一句型，
如例（2）。

例句

① 冷蔵庫にジュースがあります。
　れいぞうこ
冰箱裡有果汁。

② ベッドに猫がいます。
　　　　ねこ
床上有貓。

● ～は～にあります／います

「某物或人在某處」

文法說明 表示無生命物或植物存在某場所，用「物／植物＋は＋場所
＋に＋あります」這一句型，如例（1）；表示有生命的動物或人存在某
場所，就用「動物／人＋は＋場所＋に＋います」這一句型，如例（2）。

例句

① 100円ショップはどこにありますか。
　百圓商店在哪裡？

② 私の犬は車の中にいます。
　我家狗在車子裡。

3　動詞述語句（敬體）

文法說明 日語的敬體，也就是「です‧ます」（丁寧語）的形式。敬體用在需要表示敬意的人，通常是自己的師長、公司上司、客戶，或是不熟的人。動詞述語句的現在肯定式敬體用「～ます」，如例（1）；否定式的話，就要把「ます」改成「ません」，如例（2）。

例句

① 私はご飯を食べます。
　我吃飯。

② 私はご飯を食べません。
　我不吃飯。

比較

● 動詞述語句（常體）

文法說明 相對於上面的敬體用法，動詞述語句的常體說法在口語上，顯得比較隨便，一般用在關係非常親密的親友之間，或者是長輩對晚輩說話的時候。不過，在新聞、論文等書面上，會用常體書寫。動詞述語句常體使用「基本形」（又稱作「辭書形」）。

① 靴下をはく。
くつした

穿襪子。

② テレビを見る。
み

看電視。

③ 日本語を教える。
にほんご   おし

教日語。

④ 部屋を掃除する。
へ や   そう じ

打掃房間。

⑤ バスが来る。
く

公車來。

4 動詞＋名詞

「…的…」

文法說明 動詞的普通形，可以直接修飾名詞。

例句

○ 料理を作る時間がありません。
りょう り   つく   じ かん

沒有做菜的時間。

比較

● 名詞＋の＋名詞

「…的…」

文法說明 「の」在兩個名詞中間，讓前一個名詞，給後一個名詞增添
了各種意思。如：所有者、內容説明、作成者、數量、同位語及位置基
準等等。

例句

○ これは李さんの本です。
り   ほん

這是李先生的書。

5 〔動詞＋ています〕（動作進行中）

「正在…」

文法說明 「動詞て形＋います」表示動作或事情的持續，也就是動作或事情正在進行中。

例句

○ 母は台所でご飯を作っています。
媽媽正在廚房裡做飯。

比較

・ ちゅう

「…中」、「正在…」

文法說明 「ちゅう」是接尾詞，漢字寫成「中」，表示此時此刻正在做某件事情。前面通常要接名詞，也會搭配某幾個動詞，這時要接動詞連用形，譬如「考え中 / かんがえちゅう」（思考中）、「話し中 / はなしちゅう」（談話中）等。

例句

○ 試験中におなかが痛くなりました。
正在考試時，肚子痛了起來。

6 〔動詞＋ています〕（結果或狀態的持續）

文法説明 「動詞て形＋います」表示某一動作後的結果或狀態還持續到現在，也就是説話的當時，如例（1）。另外，也可以用來表示現在在做什麼職業，如例（2）。

例句

① 私はソウルに住んでいます。

　我住在首爾。

② 姉は郵便局で働いています。

　我姐姐在郵局上班。

比較

● 動詞（現在肯定／現在否定）

文法説明 表示人或事物的存在、動作、行為和作用的詞叫動詞，可以用在習慣行為。動詞述語句的現在肯定式敬體用「〜ます」，如例（1）；否定式的話，就要把「ます」改成「〜ません」，如例（2）。另外，也可以表示未來的計畫或打算。

例句

① 私はよく映画を見ます。

　我常看電影。

② 太郎はいつも納豆を食べません。

　太郎總是不吃納豆。

7 動詞（過去肯定／過去否定）

文法說明 動詞過去式表示人或事物過去的存在、動作、行為和作用。動詞述語句的過去肯定式敬體用「～ました」，如例（1）；動詞述語句的過去否定式敬體，要用「～ませんでした」，如例（2）。

例句

① トマトを二つ<ruby>食<rt>た</rt></ruby>べました。
吃了兩顆番茄。

② <ruby>山中<rt>やまなか</rt></ruby>さんは<ruby>昨日<rt>きのう</rt></ruby>は<ruby>会社<rt>かいしゃ</rt></ruby>に<ruby>行<rt>い</rt></ruby>きませんでした。
山中先生昨天沒去上班。

比較

〔動詞＋ています〕（結果或狀態的持續）

文法說明 「動詞て形＋います」表示某一動作後的結果或狀態還持續到現在，也就是說話的當時。

例句

○ <ruby>山下<rt>やました</rt></ruby>さんはもう<ruby>結婚<rt>けっこん</rt></ruby>しています。
山下先生已經結婚了。

8 動詞（習慣行為）

文法說明 動詞述語句的現在式可以表示習慣行為，如例句；也可以表示現在的狀態，用存在動詞「います」（用在有生命體的人或動物）或「あります」（用在植物或無生命物）；或未來的計畫或打算。

○ 毎日、公園へ行きます。
毎天去公園。

比較

• 〔動詞＋ています〕（動作反覆進行）

文法說明 「動詞て形＋います」可以用在某一動作、行為反覆發生，常跟表示頻率的「毎日／まいにち」（每天）、「いつも」（總是）、「よく」（經常）、「時々／ときどき」（有時候）等單詞一起使用。

例句

○ 私は毎晩ワインを1杯飲んでいます。
我每天都會喝一杯紅酒。

---

9 ～が＋自動詞

文法說明 自動詞一般用在自然等等的力量，沒有人為的意圖而發生的動作，但即使是人主動實行某行為，也常常有像這樣使用自動詞的表現方式。

例句

○ ドアが閉まりました。
門關了起來。

比較

• ～を＋他動詞

文法說明 有些動詞前面需要接「名詞＋を」，這樣的動詞叫「他動詞」。「を」前面的名詞是動作的目的語。「他動詞」主要是人為的，表示影響、作用直接涉及其他事物的動作。

① 山田さんがドアを閉めました。
山田先生把門關起來。

② 部屋の電気を付けたり消したりしないで
ください。
房間裡的電燈不要一下開，一下關的。

10 自動詞＋ています
「…著」、「已…了」

文法説明 表示跟目的、意圖無關的某個動作結果或狀態，還持續到現在。

例句

○ 雪が降っています。
正下著雪。

比較

● 他動詞＋てあります

「…著」、「已…了」

文法説明 表示抱著某個目的、有意圖地去執行，當動作結束之後，那一動作的結果還存在的狀態。

例句

○ 黒板に絵が描いてありました。
黑板畫著畫。

11 動詞たり、動詞たりします

「又是…，又是…」；「有時…，有時…」

文法說明 「動詞た形＋たり＋動詞た形＋たり＋する」表示動作並列，意指從幾個動作之中，例舉出兩、三個有代表性的，並暗示還有其他的，如例（1）、（2）；「動詞たり」有時只會出現一次，如例（3），但這不算是正式的用法，通常指出現在日常會話。

例句

① 子どもたちは、歌ったり踊ったりしています。
小孩們又在唱歌又在跳舞。

② パーティーで、食べたり飲んだりしました。
在派對裡，吃吃又喝喝的。

③ 日曜日は、掃除をしたりして、忙しいです。
星期日打掃什麼的，很忙的。

比較

動詞ながら

「一邊…一邊…」

文法說明 「動詞ます形＋ながら」表示同一主體同時進行兩個動作，此時後面的動作是主要的動作，前面的動作為伴隨的次要動作，如例句。

例句

○ コーラを飲みながら、NBA を見ます。
邊喝可樂，邊看 NBA。

12 ～をもらいます

「取得」、「要」、「得到」

文法說明 表示從某人那裡得到某物。「を」前面是指得到的東西。給的人一般用「から」或「に」表示。

例句

○ 母は小野さんに本をもらいました。
はは　　おの　　　　　　ほん

媽媽從小野小姐那裡得到了書。

比較

～をあげます

「給予…」、「給…」

文法說明 表示給予某人某樣東西。「を」前面是指給予的東西。接收的人一般用「に」表示。

例句

○ 私は彼女にダイヤの指輪をあげます。
わたし　かのじょ　　　　　　ゆびわ

我送給女友鑽戒。

10 実力テスト

做對了，往 :) 走，做錯了往 ✗ 走。

次の文の___には、どんな言葉が入りますか。1・2から最も適当なものを一つ選んでください。

實力測驗

Q 哪一個是正確的？
答案＞＞在下一頁

1 私は毎朝、新聞を（　　）。
1. 読みます
2. 読みました

譯 我每天早上看報紙。
1. みます：看
2. みました：看了

解答》請看下一頁

2 机の上（　　）辞書（　　）。
1. に〜があります
2. は〜にあります

譯 桌子上面有字典。
1. 〜に〜があります：…有…
2. 〜は〜にあります：…在…

解答》請看下一頁

3 かばんに教科書を（　　）。（用常體）
1. 入れる　2. 入れます

譯 在包包裡放教科書。
1. 入れる：放入
2. 入れます：放入

解答》請看下一頁

4 （　　）相手はきれいです。
1. 結婚する
2. 結婚するの

譯 結婚對象很漂亮。
1. 結婚する：結婚
2. 結婚するの：Ｘ

解答》請看下一頁

5 授業（　　）は、携帯の電源を切ってください。
1. 中　2. しています

譯 上課中，請關掉手機。
1. 中：…中，正在…
2. しています：正在…

解答》請看下一頁

6 あそこで犬が（　　）。
1. 死にます
2. 死んでいます

譯 有隻狗死在那裡。
1. 死にます：死亡
2. 死んでいます：死亡

解答》請看下一頁

なるほどの解説を確認して、
次の章へ進もう！

なるほどの解説

1 比較

　　動詞現在式表示現在的事，習慣行為或未來的計畫等；動詞過去式則是用在過去發生的事，經常和「昨日／きのう」（昨天）、「先週／せんしゅう」（上個星期）等表示過去的時間詞一起出現。

答案：1

2 比較

　　兩個都是表示存在的句型，「～に～があります／います」重點是某處「有什麼」，通常用在傳達新資訊給聽話者時，「が」前面的人事物是聽話者原本不知道的新資訊；「～は～にあります／います」則表示某個東西「在哪裡」，「は」前面的人事物是談話的主題，通常聽話者也知道的人事物，而「に」前面的場所則是聽話者原本不知道的新資訊。

答案：1

3 比較

　　一般來說，敬體用在老師、上司或客戶等對象；常體則用在家人、朋友、晚輩、同學，甚至寵物等。如果使用常體的時機不對，就會顯得不禮貌喔！在 N5 階段，考題形式主要是以敬體為主，其中一個原因，是希望外國人先養成用安全的說法表達日語，比較不會造成不必要誤會。

答案：1

4 比較

　　用動詞修飾名詞時，因為中文翻成「…的…」，所以很多台灣人常多加了一個「の」，但日語中，只有用名詞修飾名詞時，中間才會加「の」。即使日語學習已經進入中高階的人，在說話時也常多說了「の」，這點一定要多加注意喔！

答案：1

5 比較

　　兩個文法都表示正在進行某個動作，但「ています」前面要接動詞て形，「ちゅう」前面多半接名詞，接動詞的話要接連用形。

答案：1

なるほどの解説

6 比較

「動詞現在式」表示習慣行為，或未來的計畫等。由於題目選項的「死にます」不可能是表示習慣行為，所以通常只用在表示未來的計畫（也就是暗示對方自己要去自殺的時候）。接著看題目句的「あそこで犬が～」（狗在那裡…），因為就常理來說，狗不太可能計畫去自殺，而且說話者不是那隻狗，所以「死にます」不適合當答案。

而「動詞て形＋います」用在結果或狀態的持續。有些動詞述語句和中文的表達方式不一樣，比如「知っています／しっています」（知道）等動詞當述語時，常以「ています」的形式出現，表示動作、狀態在某段時間持續作用。

答案：2

メモ

11

実力テスト

做對了，往😊走，做錯了往❌走。

次の文の＿＿には、どんな言葉が入りますか。1・2から最も適当なものを一つ選んでください。

實力測驗

Q 哪一個是正確的？

答案>>在下一頁

1
台風で橋が（　　）、もう直りました。
1. 壊れました　2. 壊れています

❌

譯
颱風造成了橋樑損壞，但已經修復了。
1. 壊れました：損壊了
2. 壊れています：損壊

解答>>請看下一頁

2
彼女は今年から、よく大阪へ（　　）。
1. 行きます　2. 行っています

❌

譯
她今年開始經常去大阪。
1. 行きます：去
2. 行っています：去

解答>>請看下一頁

3
庭の桜の花（　　）咲きました。
1. が
2. を

❌

譯
院子裡的櫻花綻放了。
1. が：X
2. を：X

解答>>請看下一頁

4
入り口に警官が（　　）。
1. 立っています
2. 立ってあります

❌

譯
入口有警官站著。
1. 立っています：站著
2. 立ってあります：X

解答>>請看下一頁

5
車を運転し（　　）、電話をしないでください。
1. たり　2. ながら

❌

譯
請不要邊開車邊講電話。
1. たり：又是…，又是…
2. ながら：一邊…一邊…

解答>>請看下一頁

6
私は長島さんから写真を（　　）。
1. もらいました　2. あげました

❌

譯
我從長島先生那裡得到了照片。
1. もらいました：得到
2. あげました：給予

解答>>請看下一頁

なるほどの解説を確認して、
次の章へ進もう！

なるほどの解説

1 比較

　　如果這題只寫「台風で、橋が（　　　）。」的話，選項 1 跟 2 都可以。不過後面還有「～が、もう直りました」，可以知道損壞是過去的事，所以答案是 1。
　　動詞過去式表示過去發生的動作，「動詞て形＋います」表示動作發生完的結果或狀態持續到現在。譬如，蘋果在眼前從樹上掉了下來，這時日語會說「りんごが落ちました」。但如果眼前所看到的蘋果已經是掉在地上的，就會說「りんごが落ちています」。

答案：1

2 比較

　　兩個文法都表示反覆做某動作、行為。「動詞現在式」會用在長期以來的習慣，但不清楚這個習慣是什麼時候開始的；「動詞て形＋います」表示開始養成某動作、行為習慣的時間可能是明確的，也可能是不明確的，也可以用在最近才養成的習慣。因為題目說是「今年から」，所以要選選項 2。

答案：2

3 比較

　　「が＋自動詞」通常是指自然力量所產生的動作，譬如「ドアが閉まりました」（門關了起來）表示門可能因為風吹，而關了起來；「を＋他動詞」是指某人刻意做的動作，譬如「ドアを閉めました」（把門關起來）表示某人基於某個理由，而把門關起來。由於題目裡「花綻放」不是人為的，而是自然產生的，所以這題要用「が＋自動詞」。

答案：1

4 比較

　　兩個文法都表示動作所產生結果或狀態持續著，但是含意不同。「自動詞＋ています」主要是用在跟人為意圖無關的動作；「他動詞＋てあります」則是用在某人帶著某個意圖去做的動作。回到題目，雖然有可能是警官自己有意走到「入り口」那邊站著，但因為對於說話人來說，警官的意志不重要，所以這題使用「自動詞＋ています」。
　　另外，本來就沒有選項 2「立ってあります」的說法。「てあります」前面要接他動詞，所以不接「立つ」，而會接「立てる」（立起、豎起），也就是「立ててあります」。但「立てる」大多用在倒下來的東西，不太會用在人身上。

答案：1

5 比較

　　「～たり～たり」用在反覆做行為，譬如「歌ったり踊ったり」（又唱歌又跳舞）表示「唱歌→跳舞→唱歌→跳舞→…」，但如果用「動詞ながら」，表示兩個動作是同時進行的。雖然「たり」用在日常對話時，可能只用一次，不過，這題不能用「たり」，是因為並沒有規定不能輪流做「開車」跟「打電話」這兩個動作，但就常理來說，不能「邊開車邊打電話」，所以從題目的「しないでください」（請不要…），知道答案要選2。

答案：2

6 比較

　　「～から／に～をもらいます」表示從某人那得到某物；「～に～をあげます」表示給某人某物。所以如果題目是「～長島さんに～」的話，空格填選項1或2都可以，只不過兩個意思不同，東西移動的方向是相反的。但因為題目是「～長島さんから～」，所以答案只能選選項1。

答案：1

因果關係與接續用法

☐ ～から
☐ が（逆接）
☐ 〔理由〕＋で
☐ が（前置詞）
☐ 動詞ないで
☐ ～は～が、～は～

1 ～から
「因為…」

 文法說明 表示原因、理由。一般用在説話人出於個人主觀理由，是種較強烈的意志性表達。

例句

○ 彼はビールが好きですから、毎晩飲みます。
因為他喜歡啤酒，所以每天晚上都喝。

比較

● ～ので

「因為…」

文法說明 表示原因、理由。一般用在客觀的自然的因果關係，所以也容易推測出結果，如例（1）。前接名詞的時候，要用「名詞＋なので」的形式，如例（2）。

例句

① 暖かくなったので、桜が咲きました。
因為天氣轉暖了，所以櫻花綻放了。

② 明日はテストなので、今日は早く寝ます。
因為明天有考試，所以今天要早睡。

が（逆接）
「但是」

文法說明 表示連接兩個對立的事物，前句跟後句內容是相對立的。

例句

○ 仕事は忙しいですが、楽しいです。
工作雖然很忙，但是很有趣。

比較

● ～から

「因為…」

文法說明 表示原因、理由。一般用在說話人出於個人主觀理由，是種較強烈的意志性表達。

例句

○ 暑いから、窓を開けてください。
因為很熱，請把窗戶打開。

3

〔理由〕＋で
「因為…」

文法說明 「で」前接面表示事情的名詞，用那個名詞來表示後項結果的原因、理由。

例句

○ 風邪で学校を休みました。
因為感冒所以沒去學校。

• 動詞＋て（原因）

文法說明 「動詞て形」可表示原因，但其因果關係比「～から」、「～ので」還弱，如例句。其他用法：單純連接前後短句成一個句子，表示並舉了幾個動作或狀態；另外，用於連接行為動作的短句時，表示這些行為動作一個接著一個，按照時間順序進行；也可表示行為的方法或手段；表示對比。

例句

○ 子<ruby>こ</ruby>どもが生<ruby>う</ruby>まれて、会社<ruby>かいしゃ</ruby>を辞<ruby>や</ruby>めました。
因為生孩子，所以跟公司辭職。

4 が（前置詞）

文法說明 當向對方詢問、請求、命令之前，可以用「が」來作為一種開場白使用。

例句

○ すみませんが、近<ruby>ちか</ruby>くに銀行<ruby>ぎんこう</ruby>はありませんか。
請問一下，附近有銀行嗎？

• ～けれど（も）、けど

「雖然」、「可是」、「但…」

文法說明 「用言終止形＋けれど（も）、けど」表示前項和後項的意思或內容是相反的、對比的，屬於逆接用法。是「が」的口語説法。「けど」語氣上會比「けれど（も）」還來的隨便。另外，跟「が」一樣，「けれど（も）、けど」除了逆接用法，也可以作前置詞來使用。

例句

○ このかばんは丈夫だけど、重くて大変です。

這個包包雖然很堅固耐用，不過很重，拿起來很累。

---

5 動詞ないで

「沒…就…」；「沒…反而…」、「不做…，而做…」

文法說明 「動詞ない形＋ないで」表示附帶的狀況，也就是同一個動作主體「在不…的狀態下，做…」的意思，如例（1）；或表示兩件不能同時做的事，沒做前項的事，而做後項的事，如例（2）。

例句

① 宿題をしないで、ゲームをしている。

沒做作業，就在玩電玩。

② 和田さんとは結婚しないで、木村さんと結婚します。

沒有跟和田先生結婚，而跟木村先生結婚。

比較

● 動詞なくて

「因為沒有…」、「不…所以…」

文法說明 「動詞ない形＋なくて」表示因果關係。由於無法達成、實現前項的動作，導致後項的發生。

例句

○ 話が分からなくて、大変でした。

不懂對方說的話，真是辛苦。

6 ～は～が、～は～

「但是…」

「は」除了提示主題以外，也可以用來區別、比較兩個對立的事物，也就是對照地提示兩種事物。

例句

① 外は寒いですが、部屋は暖かいです。
　外面雖然很冷，但房間裡很暖和。

② 彼女は猫が好きですが、僕は犬が好きです。
　她喜歡貓，但我喜歡狗。

比較

～は～で、～です

文法說明 名詞句的順接。想連接兩個名詞句，要將前一句的「です」改成「で」，用「～は～で、～です」的形式。

例句

○ 田中さんは高校生で、女優です。
　田中小姐是高中生，也是演員。

次の文の＿＿には、どんな言葉が入りますか。1・2から最も適当なものを一つ選んでください。

實力測驗

Q 哪一個是正確的？
答案>>在下一頁

1 いちごをたくさんもらった
（　　）、半分ジャムにします。

1. から　2. なので

譯 因為收到了很多草莓，所以一半做成草莓醬。
1. から：因為　2. なので：因為
解答》請看下一頁

2 この車は、すてきです（　　）、
あまり高くありません。

1. が　2. から

譯 這輛車很棒，但價錢卻不太貴。
1. が：但是
2. から：因為
解答》請看下一頁

3 地震（　　）電車が止まりました。
1. で
2. て

譯 因為地震所以電車停了下來。
1. で：因為
2. て：X
解答》請看下一頁

4 忙しい毎日でしょう（　　）、どうぞ
お体を大切にしてください。（致老師）

1. が　2. けど

譯 想必您每天都很忙碌，但請保重身體。
1. が：雖然、可是、但…
2. けど：雖然、可是、但…
解答》請看下一頁

5 かぎをかけ（　　）出かけました。

1. ないで　2. なくて

譯 沒有鎖門就出門了。
1. ないで：沒…就…；不做…，而做…
2. なくて：因為沒有…
解答》請看下一頁

6 野菜は嫌いです（　　）、肉は
好きです。

1. が　2. で

譯 我討厭吃蔬菜，但喜歡吃肉。
1. が：但是
2. で：X
解答》請看下一頁

なるほどの解説を確認して、
次の章へ進もう！

1 比較

　　兩個文法都表示原因、理由。「から」傾向用在說話人出於個人主觀理由；「ので」傾向用在客觀的自然的因果關係。單就文法來說，「から」、「ので」經常能交替使用。但題目是「なので」，前面要接名詞，所以答案是 1。

答案：1

2 比較

　　「が」的前、後項是對立關係，屬於逆接的用法；但「～から」表示因為前項而造成後項，前後是因果關係，屬於順接的用法。從題目的「すてきです」與「あまり高くありません」，知道這題用逆接比較合適。

答案：1

3 比較

　　兩個文法都可表示原因。「で」用在簡單明白地敘述原因，因果關係比較單純的情況，前面要接名詞，例如「風邪／かぜ」（感冒）、「地震／じしん」（地震）等；「動詞て形」可以用在因果關係比較複雜的情況，但意思比較曖昧，前後關聯性也不夠直接。

答案：1

4 比較

　　「が」與「けれど（も）、けど」在意思或接續上都通用。但「けど」是口語，特別是要寫給長輩的信，使用「が」比較適當。

答案：1

5 比較

　　兩個文法長得有點像，但意思不一樣喔！「動詞ないで」表示「在不…的狀態下，做…」；「動詞なくて」表示「因為不…所以…」。

答案：1

6 比較

　　「～は～が、～は～」用在比較兩件事物；但「～は～で、～です」是針對一個主題，將兩個敘述合在一起說。從意思來考慮，選項 1、2 都有可能是答案。但空格前面是「です」，所以不能選 2。

答案：1

Chapter

9

★ ★ ★ ★ ★

時間關係

☐ 〜とき
☐ 動詞てから
☐ 動詞たあとで
☐ 動詞＋て（時間順序）
☐ 動詞まえに
☐ 名詞＋の＋まえに
☐ ごろ、ころ

☐ 〔時間〕＋に
☐ すぎ、まえ
☐ 〜ちゅう
☐ もう＋肯定
☐ まだ＋肯定

---

1 〜とき

「…的時候」

文法說明 「動詞普通形＋とき」、「形容動詞＋な＋とき」、「形容詞＋とき」、「名詞＋の＋とき」表示在前項的狀態下，同時進行後項動作，如例（1）；「とき」前後的動詞時態也可能不同，「動詞過去式＋とき」後接現在式，表示實現前者後，後者才成立，如例（2）；「動詞現在式＋とき」後接過去式，表示後者比前者早發生，如例（3）。

例句

① 道を渡るときは、車に気をつけましょう。
過馬路的時候，要小心車子。

② 100点を取ったときは、うれしいです。
考 100 分的時候，很高興。

③ 日本へ行くとき、カメラを買いました。
要去日本的時候，買了照相機。

比較

● **動詞てから**

「先做…，然後再做…」；「從…」

用「動詞て形＋から」結合兩個句子，表示動作順序，強調先做前項的動作或成立後，再進行後句的動作，如例（1）；也可表示某動作、持續狀態的起點，如例（2）。

例句

① 兄は運動をしてからビールを
飲みます。
あに　うんどう　　の

哥哥先運動，然後再喝啤酒。

② 彼は、テレビに出てから有名になりました。
かれ　　　　　　で　　　ゆうめい

他自從在電視出現後，就開始有名氣了。

---

2 動詞てから
「先做…，然後再做…」；「從…」

用「動詞て形＋から」結合兩個句子，表示動作順序，強調先做前項的動作或成立後，再進行後句的動作，如例句。請注意，「てから」在一個句子中，只能出現一次。也可表示某動作、持續狀態的起點。

例句

○ 映画を見てからフランス料理を
えいが　み　　　　　　りょうり
食べに行きましょう。
た　　　い

先看電影，再去吃法國料理吧！

比較

動詞ながら
「一邊…一邊…」

「動詞ます形＋ながら」表示同一主體同時進行兩個動作，此時後面的動作是主要的動作，前面的動作為伴隨的次要動作，如例句；也可使用於長時間狀態下，所同時進行的動作。

例句

○ MP 3 を聞きながら、勉強しています。
エムピースリー　き　　　　　　べんきょう

邊聽 MP3，邊看書。

3 動詞たあとで

「…以後…」

文法說明 「動詞た形＋あとで」表示前項的動作做完後，做後項的動作。是一種按照時間順序，客觀敘述事情發生經過的表現，而前後兩項動作相隔一定的時間發生。

例句

○ 授業が終わったあとで、友達とお台場に行きます。
下課後，跟朋友去台場。

比較

動詞てから

「先做…，然後再做…」；「從…」

文法說明 用「動詞て形＋から」結合兩個句子，表示動作順序，強調先做前項的動作或成立後，再進行後句的動作，如例句。請注意，「てから」在一個句子中，只能出現一次。也可表示某動作、持續狀態的起點。

例句

○ 野菜を切ってから、肉を切ります。
先切蔬菜，再切肉。

4 動詞＋て（時間順序）

文法說明 「動詞て形」用於連接行為動作的短句時，表示這些行為動作一個接著一個，按照時間順序進行，可以連結兩個動作以上，如例句；或單純連接前後短句成一個句子，表示並舉了幾個動作或狀態；另外，可表示行為的方法或手段；或表示原因，但其因果關係比「～から」、「～ので」還弱；表示對比。

○ 浴衣を着て、花火大会に行きます。

穿上浴衣去看煙火大會。

比較

● 動詞てから

「先做…，然後再做…」；「從…」

文法說明 用「動詞て形＋から」結合兩個句子，表示動作順序，強調先做前項的動作或成立後，再進行後句的動作，如例句。請注意，「てから」在一個句子中，只能出現一次。也可表示某動作、持續狀態的起點。

例句

○ 運動してからシャワーを浴びます。

先運動，再沖澡。

---

5 動詞まえに

「…之前，先…」

文法說明 「動詞連體形＋前に」表示動作的順序，也就是做前項動作之前，先做後項的動作，如例（1）；即使句尾動詞是過去式，「まえに」前面也必須接動詞連體形，如例（2）。

例句

① 学校に行く前に３０分ぐらいジョギングをします。

上課前，會先慢跑約 30 分鐘。

② 私は昨日、寝る前にビールを飲みました。

我昨天，睡覺前喝了啤酒。

● 動詞たあとで

「…以後…」

文法說明 「動詞た形＋あとで」表示前項的動作做完後，做後項的動作。是一種按照時間順序，客觀敘述事情發生經過的表現，而前後兩項動作相隔一定的時間發生。

例句

○ 晩ご飯を食べたあとで、散歩に
行きます。

吃完晚飯後，去散步。

---

6 名詞＋の＋まえに
「…前」

文法說明 以「名詞＋の＋前に」的形式，表示空間上的前面，如例（1）；或做某事之前先進行後項行為，如例（2）；時間名詞後面接「まえ（…前）」的時候，不會加「の」，如例（3）。

例句

① 駅の前に銀行があります。
車站前有銀行。

いただきます

② ご飯の前には、「いただきます」と言います。
吃飯前，要說「我開動了」。

③ 彼は１年前にアメリカに行きました。
他１年前去了美國。

● 名詞＋の＋あとで

「…後」

文法說明 「名詞＋の＋あとで」表示完成前項事情之後，進行後項行為。

例句

○ パーティーのあとで、デートに行きます。

派對結束後，去約會。

---

7 ごろ、ころ
「大約」、「左右」

文法說明 表示大概的時間點，一般只接在年、月、日，和鐘點等的詞後面。

例句

○ 彼は9時ごろ帰りました。

他 9 點左右回去。

比較

～ぐらい、くらい

「大約」、「左右」、「上下」；「和…一樣…」

文法說明 一般用在無法預估正確的數量，或是數量不明確的時候，如例（1）；或用於對某段時間長度的推測、估計，如例（2）；也可表示兩者的程度相同，常搭配「と同じ」，如例（3）。

例句

① 1週間に2回ぐらいお酒を飲みに行きます。

我大約一星期去喝個 2 次酒。

② 風邪で1週間ぐらい学校を休みました。

因為感冒，跟學校大約請了一個星期的假。

③ 台北の冬は福建の冬と同じぐらい寒いですか。

台北的冬天跟福建的冬天大約一樣冷嗎？

8 〔時間〕＋に

「在…」

文法說明 幾點啦！星期幾啦！幾月幾號做什麼事啦！表示動作、作用的時間就用「に」。

例句

○ 今日は 10 時に寝ます。

今天 10 點睡覺。

比較

● ～までに

「在…之前」、「到…為止」

文法說明 「名詞＋までに」前面接表示時間的名詞，表示動作或事情的截止日期或期限。

例句

○ 今月の末までに、新しい家を見つけたいです。

我想在月底以前，找到一間新房子。

9 すぎ、まえ

「過…」、「…多」；「差…」、「…前」

文法說明 接尾詞「すぎ」，接在表示時間名詞後面，表示比那時間稍後，如例（1）；接尾詞「まえ」，接在表示時間名詞後面，表示那段時間之前，如例（2）。

例句

① 今、9時すぎです。

現在 9 點多。

② 今日は 7 時前に出かけました。

今天 7 點前出了門。

〔時間〕＋に

「在…」

文法說明 幾點啦！星期幾啦！幾月幾號做什麼事啦！表示動作、作用的時間就用「に」。

例句

○ 土曜日に友達と会います。

星期六要跟朋友見面。

10 ～ちゅう

「…中」、「正在…」

文法說明 「ちゅう」是接尾詞，漢字寫成「中」。表示此時此刻正在做某件事情，前面通常要接名詞；也會搭配某幾個動詞，這時要接動詞連用形，譬如「考え中 / かんがえちゅう」（思考中）、「話し中 / はなしちゅう」（談話中）等。

例句

○ 今、店は準備中です。

店裡現在準備中。

～じゅう、ちゅう

「整個…」；「…內」

文法說明 「じゅう、ちゅう」是接尾詞，漢字寫成「中」。前面接時間，表示這整段時間；或指這段期間以內，如例（1）；前面接場所，表示在這整個範圍、空間裡，如例（2）。前面接時間名詞時，讀哪個音最容易被搞混，該讀哪個音，通常會看前接哪個單字的發音習慣來決定。基本上，在「一日中 / いちにちじゅう」（一整天）、「一年中 / いちねんじゅう」（一整年）、「今日中 / きょうじゅう」（今天之內）時，「中」

都要讀作「じゅう」；「午前中」（上午期間）的「中」要讀作「ちゅう」；另外，在「今週中 / こんしゅうちゅう、こんしゅうじゅう」（這週內）時，「中」可以讀作「ちゅう」或「じゅう」。

例句

① 今年中に結婚するつもりです。
こ とし じゅう けっこん
預計今年內結婚。

② 千葉さんは学校中の人気者です。
ち ば　　　　　　がっこうじゅう　にん き もの
千葉同學是學校裡的紅人。

11 もう＋肯定

「已經…了」

文法說明 和動詞句一起使用，表示行為、事情到某個時間已經完了。用在疑問句的時候，表示詢問完或沒完。

例句

① メールはもう書きました。
か
電子郵件已經寫好了。

② もう荷物を送りましたか。
に もつ　　 おく
貨物已經寄出去了嗎？

比較

まだ＋否定

「還（沒有）…」

文法說明 表示預定的事情或狀態，到現在都還沒進行，或沒有完成。

例句

○ 昼ご飯はまだ食べていません。
ひる はん　　　　　 た
還沒有吃午餐。

12 まだ＋肯定

「還…」；「還有…」

文法說明 表示同樣的狀態，從過去到現在一直持續著，如例（1）；也表示還留有某些時間或東西，如例（2）。

例句

① 4月になりましたが、まだ寒いです。
已經4月了，還很冷。

② 時間はまだあります。
還有時間。

比較

● もう＋否定

「已經不…了」

文法說明 後接否定的表達方式，表示不能繼續某種狀態了。一般多用於感情方面達到相當程度。

例句

○ もう時間がないから、早く行きましょう。
已經沒有時間了，快走吧！

13 実力テスト

做對了，往😊走，做錯了往❌走。

次の文の＿＿には、どんな言葉が入りますか。1・2から最も適当なものを一つ選んでください。

實力測驗
Q 哪一個是正確的？
答案》在下一頁

1 私がテレビを見ている（　　）、友達が来ました。
1.とき　2.てから

譯 我在看電視的時候，朋友來了。
1.とき：…的時候
2.てから：先做…，然後再做…；從…
解答》請看下一頁

2 写真を見（　　）返しました。
1.てから
2.ながら

譯 看完照片後歸還了。
1.てから：先做…，然後再做…；從…
2.ながら：一邊…一邊…
解答》請看下一頁

3 大学を（　　）、もう10年たちました。
1.出たあとで　2.出てから

譯 從大學畢業，已過了10年。
1.出たあとで：離開後…
2.出てから：先離開…，再…；從離開…
解答》請看下一頁

4 郵便局に（　　）、手紙を出します。
1.行って　2.行ってから

譯 去郵局寄信。
1.行って：去…
2.行ってから：先去…，再…
解答》請看下一頁

5 （　　）、歯を磨きます。
1.寝る前に
2.寝たあとで

譯 睡覺之前，會先刷牙。
1.寝る前に：睡覺之前…
2.寝たあとで：睡覺後…
解答》請看下一頁

6 会議（　　）、資料をコピーします。
1.のあとで　2.の前に

譯 開會前，先影印資料。
1.のあとで：之後…
2.の前に：之前…
解答》請看下一頁

なるほどの解説を確認して、
次の章へ進もう！

1 比較

兩個文法都表示動作的時間,「とき」前接動詞時,要用動詞普通形,前、後項是同時發生的事,也可能前項比後項早發生或晚發生;但「動詞て形＋から」一定是先做前項的動作,再做後句的動作。這題從意思跟接續來看,知道答案是1。

答案:1

2 比較

兩個文法都表示動作的時間,「てから」前面是動詞て形,表示先做前項的動作,再做後句的動作;但「ながら」前面接動詞ます形,前後的事態是同時發生。雖然「見る」接「てから」和「ながら」都是用「見～」,但因為題目有「返しました」,所以不會用表示同時發生的「ながら」。

答案:1

3 比較

要表示某動作的起點時,只能用「てから」。另外,兩個文法都可以表示動作的先後,但「たあとで」前面是動詞た形,單純強調時間的先後關係;「てから」前面則是動詞て形,而且前後兩個動作的關連性比較強。

答案:2

4 比較

從意思來看,「手紙」本來就應該到「郵便局」寄,所以答案是1。如果填「てから」的話,會有去「郵便局」之後,再到其他地方寄信的語感,所以不能選。

答案:1

5 比較

兩個文法都表示動作的時間,「まえに」前面要接動詞連體形,表示做前項之前,先做後項;但「たあとで」前面要接動詞た形,表示先做前項,再做後項。從意思來看,知道答案是1。

答案:1

6 比較

兩個文法都表示事情的時間,「のあとで」表示先做前項,再做後項;但「のまえに」表示做前項之前,先做後項。因為影印資料應該是開會前的準備,所以答案選2。

答案:2

14 実力テスト

做對了，往😊走，做錯了往❌走。

次の文の＿＿には、どんな言葉が入りますか。1・2から最も適当なものを一つ選んでください。

實力測驗

Q 哪一個是正確的？
答案>>在下一頁

1　昨日（きのう）は 12 時（じゅうにじ）（　　）寝（ね）ました。
1. ごろ
2. ぐらい

譯　昨晚 12 點左右睡覺。
1. ごろ：大約、左右
2. ぐらい：大約、左右；和…一樣…

解答>>請看下一頁

2　3時（さんじ）ごろ友達（ともだち）が私（わたし）の家（いえ）へ遊（あそ）びに来（き）ました。そして5時（ごじ）（　　）帰（かえ）りました。
1. に　2. までに

譯　3點左右朋友來我家玩。然後5點時回去了。
1. に：在…
2. までに：到…為止

解答>>請看下一頁

3　今（いま）、7時（しちじ）10分（じゅっぷん）（　　）です。
1. 前（まえ）
2. に

譯　現在是 6 點 50 分。
1. 前：差…、…前
2. に：在…

解答>>請看下一頁

4　午前（ごぜん）（　　）、会議（かいぎ）があります。
1. 中（ちゅう）
2. 中（じゅう）

譯　上午有個會議。
1. 中（ちゅう）：正在…；整個…；…之內
2. 中（じゅう）：整個…；…之內

解答>>請看下一頁

5　この雑誌（ざっし）は（　　）読（よ）みました。
1. もう
2. まだ

譯　這本雜誌已經看完了。
1. もう：已經…
2. まだ：還…

解答>>請看下一頁

6　薬（くすり）を飲（の）みましたが、（　　）痛（いた）いです。
1. まだ　2. もう

譯　已經吃過藥了，還是很痛。
1. まだ：還…
2. もう：已經…

解答>>請看下一頁

なるほどの解説を確認して、
次の章へ進もう！

なるほどの解説

1 比較

　　表示時間的估計時，「ごろ、ころ」前面只能接某個特定的時間點；而「ぐらい、くらい」前面可以接一段時間，或是某個時間點。前接時間點時，「ごろ、ころ」後面的「に」可以省略，但「ぐらい、くらい」後面的「に」一定要留著，所以題目句也可以改說成「12時ぐらいに寝ました」。

答案：1

2 比較

　　「〔時間〕＋に」表示某個時間點，而「までに」則表示期限，指的是「到某個時間點為止或在那之前」。如果題目空格填「までに」，就會變成「到5點為止或之前…」，一般不會這麼說，所以1是比較適當的答案。

答案：1

3 比較

　　「すぎ、まえ」是名詞的接尾詞，表示在某個時間基準點的後或前；「〔時間〕＋に」的「に」是助詞，表示某個時間點。「7時10分」後面接選項1或2都有可能，但時間點跟「です」之間，不能放「に」，答案是1。

答案：1

4 比較

　　「ちゅう」意思是「正在…」；「じゅう、ちゅう」意思是「整個…；…之內」。從意思來看，要選文法「じゅう、ちゅう」。另外，「午前中」的「中」一定要唸「ちゅう」。

答案：1

5 比較

　　兩個文法意思是相反的。如果問句問「もう～ましたか」（已經…了嗎），肯定回答用「はい、もう～ました」（是的，已經…了）；否定回答用「いいえ、まだ～ていません」（不，還沒…）。雖然也有「まだ＋肯定」的用法，但「まだ読みました」意思不通。

答案：1

6 比較

　　跟上一題的比較一樣，兩個文法意思是相反的。「もう」意思是「已經」，「まだ」意思是「還…」。如果用「もう」的話，整句話意思不通，所以不能選。

答案：1

變化的表現

☐ 名詞に＋なります
☐ 形容詞く＋なります
☐ 形容動詞に＋なります

1 名詞に＋なります

「變成…」

文法說明 「名詞に＋なります」表示在無意識中，事態本身產生的自然變化，這種變化並非人為有意圖性的，如例（1）；即使變化是人為造成的，若重點不在「誰改變的」，也可用此文法，如例（2）。

例句

① 今年、３０歳になりました。
今年 30 歲了。

② 今日から部長になりました。
今天開始擔任部長了。

比較

• 名詞に＋します

「讓…變成…」、「使其成為…」

文法說明 「名詞に＋します」表示人為有意圖性的施加作用，而產生變化。

例句

○ 髪を茶色にします。
把頭髮染成茶褐色。

文法說明 形容詞後面接「なります」，要把詞尾的「い」變成「く」。表示事物本身產生的自然變化，這種變化並非人為意圖性的施加作用，如例（1）；即使變化是人為造成的，若重點不在「誰改變的」，也可用此文法，如例（2）。

例句

① 古くなった服をすてました。

把已經舊了的衣服丟掉。

② 成績がよくなりました。

成績變好了。

比較

● 形容詞く＋します

文法說明 形容詞後面接「します」，要把詞尾的「い」變成「く」。表示人為的有意圖性的施加作用，而產生變化。

例句

○ 部屋を明るくします。

把房間裡弄亮一點。

3 形容動詞に＋なります

「變⋯」

文法說明 形容詞後面接「なります」，要把語尾的「だ」變成「に」。表示事物的變化不是人為有意圖性的，是在無意識中物體本身產生的自然變化。

○ 子どもが元気になりました。
小孩恢復健康了。

比較

● 形容動詞に＋します

文法説明　形容動詞後面接「します」，要把詞尾的「だ」變成「に」。
表示人為的有意圖性的施加作用，而產生變化。

例句

○ 部屋をきれいにしました。
把房間打掃乾淨。

実力テスト

做對了，往 😊 走，做錯了往 ✖ 走。

次の文の＿＿＿には、どんな言葉が入りますか。1・2から最も適当なものを一つ選んでください。

實力測驗

Q 哪一個是正確的？
答案＞＞在下一頁

1 太郎は大学生（　　）。
1．になりました
2．にしました

😊 ✖

2 テレビの音を大き（　　）。
1．くなります
2．くします

譯 太郎成為大學生了。
1．になりました：成為…了
2．にしました：使…成為…了
解答≫請看下一頁

✖ 😊

譯 把電視的聲音開大一點。
1．くなります：變…
2．くします：把…弄…
解答≫看下一頁

3 日本語が上手（　　）。
1．になりました
2．にしました

😊 ✖

なるほどの解説を確認して、次の章へ進もう！

譯 日語變好了。
1．になりました：變…
2．にしました：把…弄…了
解答≫請看下一頁

メモ

なるほどの解説

1
兩個文法都表示變化，但「なります」焦點是事態本身產生的自然變化；而「します」的變化是某人有意圖性去造成的。

答案：1

2
兩個文法都表示變化，但「なります」焦點是事態本身產生的自然變化；而「します」焦點在於變化是有人為意圖性所造成的。

答案：2

3
兩個文法都表示變化，但「なります」焦點是事態本身產生的自然變化；而「します」焦點在於變化是有人為意圖性所造成的。

答案：1

11

★ ★ ★ ★ ★

希望、請求、打算的說法

- □ 動詞たい
- □ 〜がほしい
- □ 〜てください
- □ 〜ないでください
- □ つもり

---

1 動詞たい

「想要…」

> **文法說明** 「動詞ます形＋たい」表示說話人內心希望某一行為能實現，或是強烈的願望。使用他動詞時，常將原本搭配的助詞「を」，改成助詞「が」，如例（1）。用於疑問句時，表示聽話者的願望，如例（2）。

例句

① あの子とデートがしたいです。

想跟那個女孩約會。

② どんな映画が見たいですか。

你想看什麼樣的電影呢？

比較

● 〜てほしい

「希望你…」

> **文法說明** 「動詞て形＋ほしい」表示說話者希望對方能做某件事情，或是提出要求。

例句

○ 電話でピザを注文してほしいです。

我希望你打電話叫比薩。

2 ～がほしい

「…想要…」

文法說明　「名詞＋がほしい」表示說話人想要把什麼東西弄到手。「ほしい」是表示感情的形容詞。希望得到的東西，用「が」來表示，如例（1）。用在疑問句時，表示詢問聽話者的希望。用於否定句時，「が」會改成「は」，如例（2）。

例句

① 私はスマホがほしいです。
   我想要智慧型手機。

② 今は子どもはほしくありません。
   現在不想要小孩。

比較

～をください

「我要…」、「給我…」

文法說明　「名詞＋をください」表示買東西或點菜等時，想要什麼，跟某人要求某事物，如例（1）；要加上數量用「名詞＋を＋數量＋ください」的形式，外國人在語順上經常會說成「數量＋の＋名詞＋をください」，雖然不能說是錯的，但日本人一般不這麼說，如例（2）。

例句

① これをください。
   請給我這個。

② コーラを二つください。
   請給我兩杯可樂。

3 ～てください

「請…」

文法說明 「動詞て形＋ください」表示請求、指示或命令某人做某事。一般常用在老師對學生、上司對部屬、醫生對病人等指示、命令的時候。

例句

○ 名前を書いてください。

請寫名字。

比較

● ～てくださいませんか

「能不能請您…」

文法說明 「動詞て形＋くださいませんか」表示請求。由於請求的內容給對方負擔較大，因此有婉轉地詢問對方是否願意的語氣。也使用於向長輩等上位者請託的時候。

例句

○ もう一度説明してくださいませんか。

能不能請您再說明一次呢？

4 ～ないでください

「請不要…」

文法說明 「動詞ない形＋ないでください」表示請求對方不要做某事，如例句。另外，還有更委婉的說法是「動詞ない形＋ないでくださいませんか」，表示婉轉請求對方不要做某事。

例句

○ 写真を撮らないでください。

請不要拍照。

～てください

「請…」

文法說明　「動詞て形＋ください」表示請求、指示或命令某人做某事。一般常用在老師對學生、上司對部屬、醫生對病人等指示、命令的時候。

例句

○ テープの会話を聞いてください。
請聽錄音帶的會話。

---

5 つもり
「打算」、「準備」

文法說明　「動詞連體形＋つもり」表示打算做某行為的意志。這是事前決定的，不是臨時決定的，而且想做的意志相當堅定，如例（1）。相反地，不打算的話用「動詞ない形＋ない＋つもり」的形式，如例（2）。

例句

① ボーナスで車を買うつもりです。
我打算用獎金來買車。

② 私は来年は試験を受けないつもりです。
我明年不打算去考試。

～（よ）うと思う

「我想…」、「我要…」

文法說明　「動詞意向形＋（よ）うと思う」表示說話人告訴聽話人，說話當時自己的想法、打算或意圖，只能用在第一人稱「我」。

例句

○ 今年、結婚しようと思います。
我今年想結婚。

実力テスト

做對了，往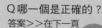走，做錯了往走。

次の文の＿＿には、どんな言葉が入りますか。1・2から最も適当なものを一つ選んでください。

實力測驗

Q哪一個是正確的？
答案>>在下一頁

1 私は京都へ（　）です。
1. 行きたい
2. 行ってほしい

譯 我想去京都。
1. 行きたい：想去
2. 行ってほしい：希望你去

解答》請看下一頁

---

2 かわいいハンカチ（　）です。
1. がほしい
2. をください

譯 我想要可愛的手帕。
1. がほしい：想要…
2. をください：給我…

解答》請看下一頁

---

3 この問題を教え（　）か。
1. てください
2. てくださいません

譯 這道問題能不能請您教我呢？
1. てください：請…
2. てくださいませんか：能不能請您…

解答》請看下一頁

---

4 ここでたばこを吸わ（　）。
1. てください
2. ないでください

譯 請不要在這裡抽煙。
1. てください：請…
2. ないでください：請不要…

解答》請看下一頁

---

5 来週台湾に（　）です。
1. 帰るつもり
2. 帰ろうと思います

譯 我打算下週回台灣。
1. 帰るつもり：打算回去
2. 帰ろうと思います：我想回去

解答》請看下一頁

なるほどの解説を確認して、
次の章へ進もう！

なるほどの解説

1 比較

「動詞たい」用在說話人內心希望自己能實現某個行為;「～てほしい」用在希望別人達成某事,而不是自己。

答案:1

2 比較

兩個文法前面都接名詞,「がほしい」表示說話人想要得到某物;「をください」是有禮貌地跟某人要求某樣東西。如果空格後面沒有「です」的話,選項1、2都可以。因為「をください」後面不能接「です」,所以1是正確答案。

答案:1

3 比較

「てくださいませんか」表示婉轉地詢問對方是否願意做某事,是比「てください」更禮貌的請求說法。因為空格後面有「か」,所以答案選2。

答案:2

4 比較

「てください」前面接動詞て形,是「請…」的意思;「ないでください」前面接動詞ない形,是「請不要…」的意思。因為空格前面是「吸わ」,所以要選選項2。

答案:2

5 比較

兩個文法都表示打算做某事,大部份的情況可以通用。但「つもり」前面要接動詞連體形,而且是有具體計畫、帶有已經準備好的堅定決心,實現的可能性較高;「(よ)うと思う」前面要接動詞意向形,表示說話人當時的意志,但還沒做實際的準備。從接續來看,「台湾に」後面接選項1、2都可以,但因為「動詞ます形+ます」後面不能接「です」,所以不能選2。

答案:1

建議、比較、程度的說法

- [ ] ～ほうがいい
- [ ] 動詞ませんか
- [ ] 動詞ましょう
- [ ] ～は～より
- [ ] 名詞＋と＋おなじ
- [ ] あまり～ない

1 ～ほうがいい

「最好…」、「還是…為好」

文法說明 「動詞た形＋ほうがいい」用在向對方提出建議、忠告，或陳述自己的意見、喜好的時候，如例（1）。否定形用「動詞ない形＋ないほうがいい」，如例（2）。

例句

① 寒いから、コートを着たほうがいいですよ。
因為很冷，還是把外套穿上吧。

② 頭が痛いんですか。アルバイトには行かないほうがいいですよ。
你頭痛嗎？那就別去打工了吧！

比較

● ～てもいい

「…也行」、「可以…」

文法說明 「動詞て形＋もいい」表示許可或允許某一行為。如果說的是聽話人的行為，表示允許聽話人某一行為。

例句

○ 今トイレに行ってもいいですか。
現在可以去廁所了嗎？

動詞ませんか
「要不要…」

文法說明 表示提議或邀請對方做某事。用在不確定對方怎麼想的時候，這時一方面提出邀約，一方面將決定權交給對方。

例句

○ 今晩、一緒に野球中継を見ませんか。
今天晚上，要不要一起看棒球轉播？

比較

● 動詞ましょう（か）

「我們…吧」、「我來…吧」

文法說明 「動詞ます形＋ましょう（か）」表示邀請或提議對方做某事。用在認為對方大概也希望這麼做的情況進行邀約。

例句

① 一緒にコンサートに行きましょうか。
我們一起去看演唱會吧。

② 荷物を持ちましょうか。
我來幫你拿行李吧。

3 動詞ましょう
「我們…吧」；「做…吧」

文法說明 「動詞ます形＋ましょう」表示勸誘對方跟自己一起做某事。一般用在做那一行為、動作，事先已經規定好，或已經成為習慣，又或是用在認為對方大概也希望這麼做的情況進行邀約，如例（1）；也用在回答時，如例（2）。另外，請注意例（3）實質上是在下命令，但以勸誘的方式，讓語感較為婉轉。不用在說話人身上。

① あした、一緒に食事に行きましょう。
明天一起去吃飯吧！

② いいですね、行きましょう。
好啊！一起去吧！

③ 字は丁寧に書きましょう。
把字寫工整吧！

比較

～でしょう

「也許…」、「可能…」、「大概…吧」；「…對吧」

文法說明 「動詞普通形＋でしょう」、「形容詞＋でしょう」、「名詞＋でしょう」。伴隨降調，表示說話者的推測，說話者不是很確定，不像「です」那麼肯定，如例（1）；常跟「たぶん」一起使用，如例（2）；也可表示向對方確認某件事情，或是徵詢對方的同意，如例（3）。

例句

① 明日もいい天気でしょう。
明天天氣也很好吧！

② 明日はたぶん雨が降るでしょう。
明天大概會下雨吧！

③ この仕事は3時間ぐらいかかるでしょう。
這份工作大約要花3小時。

4 ～は～より

「…比…」

文法說明 「名詞1＋は＋名詞2＋より」表示前者（名詞1）比後者（名詞2）還符合某種性質或狀態。而「より」後接的就是性質或狀態。一般而言，不會改成「～より～は」這樣的順序，因為「は」前面的名詞是句子的主題，放前面比較自然。

◯ 新幹線は車よりずっと速いです。

新幹線比汽車要快多了。

比較

● ～より～ほう

「比起…，更」、「跟…比起來，…比較…」

文法說明 表示對兩件事物進行比較後，選擇了「ほう」前面的事物，被選上的用「が」表示，如例（1）。另外，「より」跟「ほう」的順序可以調換，對兩件事物進行比較後，選擇前者，如例（2）。請注意，因為「ほう」是名詞，所以前接名詞時要加上「の」。

例句

① 紅茶よりコーヒーのほうが好きです。

比起紅茶，我更喜歡咖啡。

② 今日のほうが昨日より暑いです。

跟昨天比起來，今天比較熱。

---

5 名詞＋と＋おなじ

「跟…一樣」、「和…相同」

文法說明 表示後項和前項是同樣的人事物，如例句。也可以用「名詞＋と＋名詞＋は＋同じ」的形式。

例句

◯ 八百屋はスーパーと同じではありません。

蔬果店跟超市不一樣。

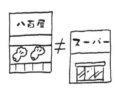

比較

● 名詞＋と＋ちがって

「與…不同…」

文法說明 表示把兩個性質不同的人事物拿來比較。

例句

○ 私と違って、彼女はきれいです。

跟我不一樣，她長得很漂亮。

---

6 あまり〜ない

「不太…」

文法說明 「あまり」後面接否定的形式，表示程度不特別高，數量不特別多，如例（1）；在口語中，常把「あまり」說成「あんまり」，如例（2）；若想表示全面否定可以用「全然（ぜんぜん）〜ない」，是種否定意味較為強烈的用法，如例（3）。

例句

① このスープはあまり熱くないです。

這湯不怎麼熱。

② そのカレー、あんまりおいしくないですよ。

那咖哩不怎麼好吃耶！

③ タバコは少し吸いますが、お酒は全然飲みません。

我會抽一點菸，但完全不喝酒。

比較

● 疑問詞＋も＋否定（完全否定）

「也（不）…」

文法說明 「も」上接疑問詞，下接否定語，表示全面的否定，如例（1）；若想表示全面肯定，則以「疑問詞＋も＋肯定」形式，為「無論…都…」之意，如例（2）。

例句

① 私は今朝何も食べませんでした。

我今天早上什麼都沒吃。

② 私は肉と魚どちらも好きです。

我無論是肉或魚都喜歡吃。

実力テスト

做對了，往走，做錯了往✕走。

次の文の＿＿には、どんな言葉が入りますか。1・2から最も適当なものを一つ選んでください。

實力測驗

Q 哪一個是正確的？
答案>>在下一頁

1 熱があるから、寝ていた（　　）ですよ。
1．ほうがいい　2．てもいい

譯 因為你發燒了，還是躺一下吧。
1．ほうがいい：最好…、還是…為好
2．てもいい：…也行、可以…
解答》請看下一頁

2 日曜日、うちに来（　　）。
1．ましょうか
2．ませんか

譯 星期天要不要來我家玩？
1．ましょうか：我們…吧；我來…吧
2．ませんか：要不要…
解答》請看下一頁

3 2時ごろ駅で会い（　　）。
1．ましょう
2．でしょう

譯 2點左右在車站碰面吧！
1．ましょう：我們…吧、做…吧
2．でしょう：大概…吧；…對吧
解答》請看下一頁

4 李さん（　　）森さん（　　）若いです。
1．〜は〜より　2．〜より〜ほう

譯 李小姐比森小姐年輕。
1．〜は〜より：…比…
2．〜より〜ほう：比起…，更…
解答》請看下一頁

5 妹が好きな歌手は、私（　　）です。
1．と同じ　2．と違って

譯 妹妹喜歡的歌手跟我一樣。
1．と同じ：跟…一樣、和…相同
2．と違って：與…不同…
解答》請看下一頁

6 今年の紅葉は、（　　）きれいではないです。
1．あまり　2．どれも

譯 今年的紅葉並不怎麼漂亮。
1．あまり〜ない：不太…
2．疑問詞＋も＋否定：也（不）…
解答》請看下一頁

2 なるほどの解説を確認して、次の章へ進もう！

1 比較

　　因為都有「いい」，乍看兩個文法或許有點像，不過針對對方的行為發表言論時，「ほうがいい」表示建議對方怎麼做，「てもいい」則是允許對方做某行為。這題從意思跟接續來看，不能選2，所以答案是1。

答案：1

2 比較

　　兩個文法都用在提議或邀請對方做某事，但「ましょう（か）」用在認為對方大概也希望這麼做的情況；「ませんか」則是在尊重對方抉擇的情況下，有禮貌地勸誘對方做某事，是比「ましょう（か）」更加客氣的說法。這題選2「ませんか」，表示「来る人」（來的人）是聽話者；如果選1「ましょうか」，則表示「来る人」（來的人）是說話者，或是說話者跟聽話者兩人，但日文裡，說話者到自己的家不會用「来る」（來），所以不能選。

答案：2

3 比較

　　兩個文法乍看有點像，「ましょう」前接動詞ます形，表示勸誘對方做某事；但「でしょう」前接動詞時，要用動詞普通形，表示說話者的推測，或是向對方確認某件事情。

答案：1

4 比較

　　「～は～より」表示前者比後者還符合某種性質或狀態；「～より～ほう」則表示比較兩件事物後，選擇了「ほう」前面的事物。這題如果要選選項2，就必須多加「の」跟「が」，改說成「李さんより森さん<u>の</u>ほう<u>が</u>若いです」，但這時意思就跟題目原句相反，是「比起李小姐，森小姐更年輕」的意思。

答案：1

5 比較

　　雖然都用在比較兩個人事物，但意思是相反的。而且「～と同じ」在「同じ」就結束說明，但「～とちがって」會在「て」後面繼續說明。這題因為空格後面有「です。」，知道句子結束了，所以要選選項1。如果「と同じ」後面有後續說明的話，要改「と同じで」；相反地，如果「と違って」後面沒有後續說明的話，要改「と違います」。

答案：1

6 比較

　　兩個文法都搭配否定形式，但「あまり～ない」是「不太…」的意思；而「疑問詞＋も＋否定」則表示全面否定。再來看題目，如果要指一棵樹，可以用指示代名詞「これ」或「あれ」等，但紅葉是指現象的整體，所以不能用「これ」或「あれ」等字，選項2「どれも」不能選。

答案：1

メモ

_____

_____

_____

_____

_____

_____

_____

_____

_____

_____

_____

_____

_____

_____

_____

_____

_____

_____

_____

(05) 日檢專家

新日檢　N5文法比較辭典

發行人 ●	林德勝
作者 ●	吉松由美、西村惠子、大山和佳子　合著
主編 ●	吳冠儀
出版發行 ●	山田社文化事業有限公司 臺北市大安區安和路1段112巷17號7樓 電話　02-2755-7622 傳真　02-2700-1887
郵政劃撥 ●	19867160號　　大原文化事業有限公司
總經銷 ●	聯合發行股份有限公司 新北市新店區寶橋路235巷6弄6號2樓 電話　02-2917-8022 傳真　02-2915-6275
印刷 ●	上鎰數位科技印刷有限公司
法律顧問 ●	林長振法律事務所　林長振律師
初版 ●	2015年1月
定價 ●	新台幣299元

STS

STS